Gabriele Schulz
Grenzliebe

Gabriele Schulz

Grenzliebe

Eine deutsch-deutsche Liebesgeschichte

Bibliografische Information der Deutschen Nationalbibliothek
Die Deutsche Nationalbibliothek verzeichnet diese Publikation
in der Deutschen Nationalbibliografie; detaillierte bibliografische Daten sind im Internet unter http://dnb.d-nb.de abrufbar

© 2009 Gabriele Schulz
Herstellung und Verlag:
Books on Demand GmbH, Norderstedt
ISBN 9783837081800

Prolog - April 1991

Nie werde ich seinen Blick vergessen. Den Ausdruck in seinen Augen, bevor er über die Mauer sprang. Nein, nicht über die, die uns eigentlich trennte. Diese war sorgfältig aus hellen, löchrigen Kalksteinen aufgeschichtet worden ...

„Katja! Katja?" Hatte Tillmann schon lange mit seinem vollen Tablett vor mir gestanden?

„Oh, hallo!" Verlegen lächelnd deutete ich auf den freien Platz mir gegenüber. Prüfend sah mich Tillmann an. „Ist alles in Ordnung? Du hast mich ja gar nicht bemerkt."

„Entschuldige, ich war nur in Gedanken." Während Tillmann die Teller mit Vorsuppe, Hauptspeise und Salat des heutigen Kantinenmenüs vor sich sortierte, warf er mir einen fragenden Blick zu.

„Gestern habe ich eine Einladung zum Klassentreffen bekommen. Das erste. Zehn Jahre nach der Schule." Offensichtlich hatte er auf meine Erklärung gewartet.

„Hhm, muss ich mir etwa Sorgen machen, dass du dann deinen ersten Freund wieder triffst?" Tillmann zwinkerte mir zu. Doch ich bemerkte den ernsten Blick, mit dem er mich nun betrachtete. Lachend ging ich auf seinen flapsigen Ton ein, obwohl auch mir heute nicht nach Scherzen zu Mute war.

„Ganz bestimmt nicht! Weißt du, wie dumm und unreif mir die Jungs aus meiner Klasse damals vorkamen? Nein, meinen Verflossenen sehe ich dort ganz gewiss nicht."

„Aber", fuhr ich nach einigen Löffeln von einem undefinierbaren Nachtisch fort, „vielleicht treffe ich meine frühere Freundin wieder. Sie wohnt schon lange in Berlin. Wir haben uns völlig aus den Augen verloren. Seit über acht Jahren habe ich nichts mehr von ihr gehört."

„Ist bestimmt spannend, sich nach so langer Zeit wieder zu sehen. Wann ist dein Klassentreffen?"

„In gut einer Woche. Am Ostersamstag", antwortete ich. Aber ich war mit meinen Gedanken schon wieder weit weg. Rasch verabschiedete ich mich von Tillmann, obwohl ich merkte, dass er mir noch etwas sagen wollte.

Erst seit zwei Wochen verbrachten wir jede Mittagspause zusammen. Und doch würde ich unsere Gespräche schon jetzt vermissen. Auch sein liebes Lächeln. Genau wie seine Art, beim Zuhören den Kopf interessiert vorzubeugen. Und natürlich seine kreativen Vorschläge, um meine ständig nörgelnde Kollegin zum Schweigen zu bringen. Obwohl ich seine Anregungen natürlich nie in die Tat umsetzte. Aber der bloße Gedanke daran, rettete mir meistens den Tag. Immer öfter ertappte ich mich dabei, dass ich mich viel mehr auf die Mittagspause, als auf den Feierabend freute.

Trotzdem vermied ich alles, was Tillmann auf eine festere Freundschaft hoffen lassen könnte. War es die bittere Erfahrung, die mich so vorsichtig reagieren ließ? Gerade jetzt, wo die Einladung zum Klassentreffen mühsam unterdrückte Erinnerungen mit Macht an die Oberfläche lockte?

Im Gegensatz zu anderen Freitagabenden fand ich in meiner Wohnung nichts, was ich hätte putzen können. Jedes Regal war entstaubt und alle Böden gewischt. Es gab nicht mal ein dreckiges Fenster. Sogar den Backofen hatte ich gestern geschrubbt, bis meine Hände rot und aufgesprungen waren.

Nur um nicht an die Einladung denken zu müssen, die so unschuldig in einem zartgelben Umschlag im Briefkasten gelegen hatte. Es war also möglich, mich zu finden. Auch nach so langer Zeit! Ich konnte nicht verhindern, dass diese Erkenntnis einen leichten Schmerz in der Herzgegend verursachte. Würde Claudia tatsächlich von Berlin nach Kassel kommen? Claudia, die Einzige, die je von Gunnar erfahren hatte …

Heute Abend gelang es mir nicht länger, vor der Vergangenheit zu fliehen. Wie ein hungriges Raubtier misstrauisch um allzu leichte Beute, war ich zwei Tage um die Kommode gestrichen. Doch mich warnte nicht nur ein Instinkt vor der drohenden Gefahr. Ich wusste mit Sicherheit, dass die Falle zuschnappen würde, sobald ich die unterste Schublade auch nur berührte. Und doch zog ich an dem abgewetzten Metallknauf.

Der Inhalt, der mir entgegenquoll sah harmlos aus: alte Schulhefte, ein zerschlissenes Federmäppchen voller Tintenflecke und eselsohrige Hefter. Eine Weile fesselten meine saubere Füllfederhalterschrift und wohlwollende Bemerkungen der Lehrer meine Aufmerksamkeit. In tieferen Schichten stieß ich auf Fotos aus der Schulzeit. Ewig hatte ich diese alten Bilder nicht mehr betrachtet. Die blonden Haare fielen mir damals wie heute über die Schultern. Früher band ich sie häufig zu einem schlichten Pferdeschwanz, während ich meine Haare jetzt etwas kürzer und meist offen trug. Meine Augen, die die Farbe von abgestandenem Kamillentee haben, lächelten fröhlich in die Kamera. Nur auf den letzten Fotos sah ich immer ernst oder mürrisch aus.

Beim Umzug in die neue Wohnung hatte ich die alten Erinnerungen sofort in diese Schublade verbannt. Nur einen Gegenstand hatte ich vor genau achtzehn Monaten in den Händen gehalten, bevor ich ihn ebenfalls in das Schränkchen warf. Und anschließend die Schublade zuknallte. Fieberhaft wühlte ich danach und fand den Stein in der hintersten Ecke.

Der Anblick des hellen Kiesels mit seinen rötlichen und glitzernden Streifen stieß endgültig die Tür in die Vergangenheit auf. Zu jenem Samstag vor zwölf Jahren. Der Tag, der mein Leben für immer verändern sollte ...

Juli 1979

Unbarmherzig hatte der Wecker um halb sieben geklingelt. Wie ungerecht, an einem Samstag, der zudem der erste Tag der großen Ferien war, so früh aufstehen zu müssen! Über diesen Gedanken schlief ich wieder ein. Erst die lauten und ärgerlichen Rufe meiner Mutter schreckten mich kurz vor sieben Uhr aus meinen Träumen.

Zwei Stunden später steckten wir vor der innerdeutschen Grenze, am Kontrollpunkt Duderstadt-Worbis, in einer ellenlangen Autoschlange fest. Der Weg von Kassel hierher hatte wohl genauso lange gedauert, wie heute die Einreiseformalitäten erfordern würden, die nötig waren, um in die DDR reingelassen zu werden. Dort lebten meine Großeltern in einem kleinen Dorf, nur wenige Kilometer hinter der Grenze. Wie es aussah, würden die Kontrollen heute mal wieder endlos dauern.

Seufzend streckte ich meine Beine aus. Aua! Fast hätte ich die viel zu kleinen Schuhe vergessen, die ich gerade trug. Damit meine Oma ihrer einzigen Enkelin etwas schenken durfte, hatte ich mich in alte Schuhe zwängen müssen. Wir konnten meinen Großeltern fast uneingeschränkt Lebensmittel mitbringen. Auch heute stand wieder ein großer Karton mit Kaffee, Schokolade, Bananen und verschiedenen Konservendosen im Auto.

Meine Oma nahm die Mitbringsel sehr gern, aber seit ich zu alt für Spielzeug war, wurde es für sie immer schwieriger, mir auch etwas zu schenken. Mit einem Trick gelang es uns, wenigsten hin und wieder ein Paar Schuhe für mich über die Grenze zu schmuggeln. Bei der Einreise trug ich, wie heute, ganz alte Treter. Mit den, von meiner Oma gekauften, Schuhen an den Füßen fuhr ich abends zurück in den Westen.

Es war natürlich streng verboten Kinderbekleidung, Schuhe und vieles andere von Ostdeutschland mit in den Westen zu nehmen. Aber aus Mitleid mit meiner Oma setzten wir uns der Gefahr, erwischt zu werden gern aus. Das heißt, meine Eltern nahmen das Risiko bereitwillig auf sich. Ich hätte mir sowieso viel lieber modische Schuhe in einem Geschäft in Kassel ausgesucht. Und hoffte deshalb manches Mal, ertappt zu werden. Auch, wenn es bedeutet hätte, die ganze Nacht von den Grenztruppen der DDR verhört zu werden und eine hohe Geldstrafe zahlen zu müssen. Irgendwann hätte man uns bestimmt wieder weiterfahren lassen. Nahm ich wenigstens an. Die Hänseleien meiner Mitschüler beim Anblick der neuen Schuhe dauerten mit Sicherheit länger.

So saß ich schmollend im Auto und grübelte über diese Grenze, die quer durch Deutschland verlief, nach. Als sie noch nicht mit Stacheldraht, Minenfeldern und Wachtürmen gesichert war, hatte mein Vater die DDR endgültig verlassen. Verboten war es auch damals, aber noch nicht so gefährlich und fast unmöglich wie heute. Der Flucht meines Vaters verdankte ich nicht nur meine Existenz, sondern heute auch schmerzende Füße und eine lange Autofahrt.

Nach einer weiteren Stunde lag der letzte Grenzposten hinter uns. Als wäre man in einem anderen Land, dachte ich wie so oft, als wir durch die ersten Dörfer hinter der Grenze fuhren. Propagandatafeln und Flaggen hießen uns an jedem Ortseingang im Arbeiter- und Bauernstaat willkommen. Der typische Geruch von Zweitaktabgasen und verheizter Braunkohle begrüßte uns ebenfalls. Heute, am Samstag, befanden sich viele Menschen auf den Straßen: spielende Kinder, fegende ältere Leute und mit Stofftaschen bepackte Frauen, die vom Einkaufen kamen. Alle sahen uns nach. Und wieder gelang es mir nicht, mich gegen dieses „Queen-Elisabeth-Gefühl" zu wehren. Ich konnte mir gerade noch ein huldvolles Lächeln und ein majestätisches Winken verkneifen.

Ich wusste natürlich, dass die Blicke ausschließlich unserem Auto galten. Ein Kleinwagen, der bei uns im Westen nur Aufmerksamkeit erregt hätte, wenn er die Kaskaden vom Herkules herunter gefahren wäre oder mitten auf den Straßenbahnschienen in der Fußgängerzone geparkt hätte. Selbst dann würde dem Mädchen auf dem Rücksitz kaum jemand Beachtung schenken. Im Westen so wenig wie im Osten. Aber sich vorzustellen, alle schauten nur nach mir, bereitete doch immer wieder Spaß!

Wir rumpelten dem kleinen, mit Schiefern verkleideten, Haus meiner Großeltern über holpriges Kopfsteinpflaster entgegen. Dicht drängten sich die Häuser zusammen. Die meisten endeten abrupt und ohne Vorgarten direkt an der Straße. Fachwerk wechselte sich mit Kunststoffverkleidungen und unverputzten Backsteinfassaden ab.

Durch eine Seitentür traten Oma Frieda und Opa Heinrich winkend auf die enge Straße. Und so werde ich meine Großeltern immer in Erinnerung behalten: Die kleine schmächtige Gestalt meiner Oma, die sich noch schnell die Hände an der Kittelschürze abwischt, weil sie bis zum letzten Moment geputzt und gekocht hat. Nur das Haar trug sie akkurat zu einem Knoten aufgesteckt. Mein Opa hatte wie immer die Zeit gefunden, sich für seine Besucher umzuziehen: Sein blendend weißes Hemd und die schwarze Hose waren sorgfältig gebügelt. In seiner dunklen Weste steckte eine Taschenuhr, die er oft befingerte. Als wolle er prüfen, ob sie noch da war. Der herzliche Empfang entschädigte für manche Unannehmlichkeit der letzten Stunden.

Während der Begrüßung wurde im Haus nebenan ein Fenster heftig zugeknallt und die Gardinen zugezogen. Bei einer Begegnung mit dieser Nachbarsfamilie wechselten meine Großeltern sofort die Straßenseite. Keiner würdigte den anderen auch nur eines Blickes. Und niemand hatte mir meine Frage nach dem „Warum" beantwortet.

Verstohlen sah ich mich in der kleinen Küche meiner Großeltern um. Gott sei Dank, nirgendwo war ein Schuhkarton zu entdecken!

„Brauchst du nicht wieder neue Schuhe, Katja?", unterbrach Oma Frieda augenzwinkernd meine hoffnungsvollen Gedanken.

„Och, eigentlich …" Ein böser Blick meiner Mutter ließ meinen Satz anders enden, als ursprünglich geplant: „… drücken diese schon ganz schön." Freudestrahlend überreichte mir meine Oma einen Karton, den sie unter dem Sofa mit dem fadenscheinigen Überwurf hervorgekramt hatte. Bemüht dankbar lächelnd nahm ich ihn entgegen.

Der Anblick der rot und blau gemusterten Kunstlacklederschuhe, ließ mein Lächeln sofort wieder ersterben. Das Beste was man von den Schuhen sagen konnte: Sie passten prima. Was auch zugleich das Schlechteste war! Ich mochte gar nicht an die Bemerkungen meiner

Mitschülerinnen denken, wenn ich sie das erste Mal in der Schule tragen musste! Meine wenig begeisterte Reaktion ging zum Glück im scherzhaften Schimpfen meiner Oma unter. Opa Heinrich hatte es sich wieder nicht verkneifen können, schon die, von uns mitgebrachten Süßigkeiten zu probieren.

Nach dem Mittagessen verschwanden meine Mutter und Oma Frieda oben im Wohnzimmer. Bereits auf der Treppe hörte ich ihre angeregte Unterhaltung und Geschirrgeklapper.

„Ihr deckt schon den Kaffeetisch?" Gerade hatten wir zu Mittag gegessen und nun sollte es wieder Kuchen geben?

„Wir müssen ja nicht sofort anfangen", erklärte meine Mutter. „Aber man weiß ja nie, wer heute noch so alles kommt, dann sind wir wenigstens mit Eindecken schon mal fertig."

Am Nachmittag schauten häufig alte Klassenkameraden, Freunde und entfernte Verwandte meines Vaters vorbei. Es sprach sich immer schnell herum, dass wir mal wieder da waren. Ich fand diese Besuche immer sehr öde und mir grauste nur bei dem Gedanken daran.

„Soll ich noch was helfen?", fragte ich lustlos.

„Nein, wir sind gleich fertig."

„Was soll ich sonst machen?" Ich erwähnte nicht ausdrücklich, dass es mir schrecklich langweilig war. Der Tonfall machte das überflüssig.

„Warum beschmutzt du dir draußen nicht deine neuen Schuhe ein wenig?" Ich konnte mir ein Lachen nicht verkneifen, obwohl ich wusste, warum ich das tun sollte. Abends bei der Ausreisekontrolle durften die Schuhe ja nicht auffällig neu glänzen. Sonst könnte der „Schmuggel" doch noch bemerkt werden.

„Am besten gehst du in den Garten", schlug meine Mutter vor.

„Was?", entsetzt schaute ich sie an. Der Schrebergarten meiner Großeltern lag außerhalb des Dorfes, und da sollte ich jetzt allein und zu Fuß hingehen?

„Ich meine natürlich den kleinen Hausgarten hinter der Scheune."

„Warst du da noch nie, Katja?", warf Oma Frieda ein, als sie meinen fragenden Blick sah. Die Existenz eines Hausgartens war mir tatsächlich neu. Also ließ ich mir den Weg erklären. Besser als hier herumsitzen und sich langweilen war es allemal.

Als ich das Scheunentor öffnete, hörte ich zuerst das aufgeregte Gegacker und Geflatter der Hühner. Staubteilchen flirrten in dem Sonnenstrahl, der mit mir durch das Tor gekommen war. Als die Tür zuschlug, sah ich keinen Staub mehr. Ich sah eigentlich erst mal gar nichts mehr. Durch die zwei kleinen Fenster drang kaum Licht in die Scheune. Auch die Ritzen zwischen den Brettern und die Astlöcher ließen nur spärlich etwas Helligkeit herein.

Langsam gewöhnten sich meine Augen an die Dunkelheit. Argwöhnisch spähten die Hühner von den oberen Sprossen einer Leiter auf mich herab. Ich glaube, sie mochten mich nicht besonders. Mein Besuch war oft genug Anlass gewesen, dass eine ihrer Schwestern das Leben lassen musste. Auch heute hatte es zum Mittagessen Hühnchenragout gegeben.

Endlich konnte ich die Tür am anderen Scheunenende entdecken. Staunend betrachtete ich den verwunschenen Garten, der nun vor mir lag. Er war sehr klein und von drei Seiten durch unsere Scheune, ein Nachbarhaus und einen Stall begrenzt. Am hinteren Ende befand sich eine Mauer, die aus löchrigen Kalksteinen aufgeschichtet war. Jetzt im Sommer gab es hier unzählige bunte Blumen, Johannisbeersträucher voller roter Beeren, Salatköpfe und duftende Kräuter. Zwischen den Beeten verliefen schmale Wege, wiederum durch helle Kalksteine eingefasst.

Solch einen niedlichen Garten hatte ich noch nie gesehen. Er hätte von den sieben Zwergen angelegt sein können. Nach einer Weile ging ich zu der Mauer am gegenüberliegenden Ende. Auf Zehenspitzen konnte ich gerade hinübersehen. Jenseits der Mauer befand sich eine Straße, die sehr düster wirkte. Sie bestand fast nur aus Schlaglöchern und Pfützen. Der Anblick ließ mich frösteln, denn auch die wenigen Häuser machten einen abweisenden und teilweise unbewohnten Eindruck. Die letzte Farbe blätterte von den verwitterten Fensterrahmen und der schmutzig graue Putz löste sich in kleineren und größeren Stücken von den tristen Fassaden. Kein Mensch war zu sehen. Nur eine dicke schwarz-weiße Katze räkelte sich in der Sonne.

In Omas Garten sah ich keine Möglichkeit, mir die Schuhe dreckig zu machen, wenn ich nicht ihre liebevoll gepflegten Beete zerstören wollte. Die Straße hinter der Mauer hatte mehr als genug Schmutz. So beschloss ich trotz des unguten Gefühls über die aufgeschichteten Steine zu klettern. Misstrauisch hatte mich die Katze dabei beobachtet und trollte sich nun verdrossen. Ich fühlte mich sehr unbehaglich und wäre am liebsten wieder umgekehrt. Aber ich nahm all meinen wenigen Mut zusammen und ging bis zur ersten Pfütze.

Gerade als ich wieder in Omas Garten steigen wollte, entdeckte ich eine Libelle. Sie verharrte kurz in der Luft, flog ein Stück weiter und landete an einem morschen Zaunpfosten. So eine große Libelle hatte ich noch nie gesehen. Für einen Moment vergaß ich alle Angst. Ich folgte ihr, um sie genauer zu betrachten. Aber kurz bevor ich sie erreicht hatte, war sie schon weitergeflogen.

Nun entdeckte ich ihr Ziel: ein Tümpel, der bis jetzt durch ein Haus verdeckt worden war. Dichtes Buschwerk umsäumte ihn. Sogar Seerosen blühten auf dem Teich. Neugierig trat ich näher.

„Oh, wen haben wir denn da?" Entsetzt fuhr ich zusammen. Ich war so in den Anblick des Weihers versunken, dass ich gar nicht bemerkt hatte, plötzlich nicht mehr allein zu sein. Was ich nun sah, schnürte mir die Kehle zu vor Angst. Drei Jungen von ungefähr siebzehn Jahren kamen auf mich zu. Ihre Gesichter verrieten keine freundlichen Absichten.

„Oh, das West-Prinzesschen ist in unser Revier eingedrungen", gehässig wendete sich der Wortführer an die anderen beiden. „Tja, was machen wir da nur mit ihr?" Ich wollte sagen, dass ich schon wieder weg bin, aber außer einem Stammeln brachte ich keinen Ton heraus. Die Drei hatten mich so umzingelt, dass mir jeder Fluchtweg abgeschnitten war. Panik kroch in mir hoch. Warum war ich nicht zu Hause geblieben? Wieso war ich so dämlich gewesen in diese Straße zu kommen? Weshalb musste ich hinter dieser blöden Libelle herlaufen?

Aber alles Lamentieren half nichts. Tränen bahnten sich langsam den Weg Richtung Augen. Die Knie zitterten mir so heftig, dass ich gar nicht hätte weglaufen können, selbst wenn sich eine Gelegenheit dazu geboten hätte. Warum konnte mir nichts Schlagfertiges einfallen? Wieso stand ich hier mit hängenden Schultern? Weshalb blickte ich zu Boden, im aussichtslosen Kampf gegen meine Tränen? Ich hasste mich in diesem Moment für meine Schüchternheit und Angst. Die Jungen dagegen genossen ihren Triumph.

„Am besten sperren wir das Prinzesschen in unser Bandenhaus, dann ist sie bestimmt nicht mehr so hochnäsig!" Mein Herzschlag setzte für einen Augenblick aus, fassungslos starrte ich den Jungen an. Noch nie hatte mich jemand so verächtlich und abfällig betrachtet. Er schien der Älteste und Anführer zu sein. Die anderen beiden zollten ihm ergeben Beifall.

Trotz meiner Angst merkte ich, dass die zwei Jüngeren weniger selbstsicher wirkten, als ihr Wortführer. Der aufkeimende Mut schwand schnell wieder, als mein Blick auf ihr Bandenhaus fiel. Es handelte sich um eine windschiefe Hütte am gegenüberliegenden Ufer des Teiches. Dort stand weit und breit kein einziges Wohnhaus mehr. So schnell würde mich da keiner finden. Auch wenn die Bretterbude einen sehr provisorischen Eindruck machte, wirkte sie massiv und Angst einflößend.

„Und die feinen Klamotten sehen dann auch nicht mehr so schnieke aus!", sprach der Anführer zu meinem Entsetzen weiter. Schallendes Gelächter ertönte.

„Das Beste aber ist, dass sie heute da keiner mehr entdecken wird. Dann können ihre Alten ohne sie wieder nach drüben in den Westen fahren ... oder sie haben ein echtes Problem, wenn sie den Grenzern erklären müssen, warum sie nicht pünktlich wieder rüber sind." Das allgemeine und gemeine Lachen bestärkte den Wortführer noch mehr. Während ich den Kampf gegen meine Tränen endgültig verloren hatte, malten sie sich unter grölendem Gelächter aus, was sie als Lösegeld fordern sollten.

Verzweifelt überlegte ich, wie ich mich aus dieser Situation befreien könnte. Einerseits wünschte ich mir sehnlich, dass meine Eltern gerade jetzt auftauchten um mich zu retten, andererseits wollte ich aber gar nicht, dass sie dies je erfuhren. Weder sie noch sonst irgendjemand! Bald wurde ich fünfzehn und stand hier flennend wie ein Kleinkind!

Wenn ich nur fliehen könnte, oder besser einfach aus diesem bösen Traum erwachen würde. Stattdessen wurde der Albtraum schlimmer! Auf ein Zeichen des Anführers kamen die zwei anderen Jungen näher und griffen nach meinen Armen. Oh, mein Gott, das durfte nicht wahr sein. Entsetzt wich ich einen weiteren Schritt zurück und stand nun gefährlich nah am Ufer, bereits auf morastigem Untergrund. Für einen Sekundenbruchteil musste ich an Western- oder James-Bond-Filme denken, in denen sich die Guten oft mit einem gewagten Sprung ins Meer oder einen See vor den Bösen retteten. Bei diesem flachen Teich wäre es aber nicht wirklich eine Lösung gewesen.

Als sie mich tatsächlich an den Armen packten war mir gar kein klarer Gedanke mehr möglich, da war nur Angst! Nein, blankes Entsetzen! Nicht einmal um Hilfe rufen konnte ich in diesem Augenblick.

„An eurer Stelle würde ich sie ja loslassen!" Abrupt drehten sich alle um.

„Und wieso meinst du sollten wir das tun?", kam prompt die abfällige Antwort. Aber schwang da nicht auch ein bisschen Unsicherheit mit? Als ich den Jungen, der sich uns unbemerkt genähert hatte betrachtete, zerschlugen sich meine Hoffnungen, dass er mir helfen würde. Er war nur wenig größer und älter als ich. Etwas mager sah er aus, in seinen kurzen Hosen und den weißen Kniestrümpfen. Das karierte Hemd hing unordentlich zwischen den Hosenträgern. Die blonden, kurzen Haare waren zu einer biederen Frisur geschnitten. Ich konnte ihn mir kaum als meinen mutigen Retter vorstellen. Mit raschen Schritten kam er näher. Fast gelangweilt beantwortete er die Frage.

„Weil sie schon im ganzen Dorf nach ihr suchen." Er blickte über die Schulter in die Richtung, aus der er gekommen sein musste. „Die Ersten tauchen in wenigen Augenblicken hier auf!"

Einen Moment später nahm ich alles zurück, was ich eben über den fremden Jungen gedacht hatte. Ich fand nicht nur, dass er gut gekleidet, sondern auch sehr verwegen war. Denn die Bande zog nach einer kurzen Beratung tatsächlich ab!

Gehässig riefen sie noch zurück: „Na, dann nimm dein Prinzesschen mal beim Händchen und bring sie zu Mami!"

Und genau das tat er! Noch nie hatte mich ein Junge an der Hand gehalten, aber ich war viel zu erleichtert um zu protestieren. Erst nach einigen schweigenden Schritten gehorchte mir meine Stimme wieder ein wenig. Das „Danke!" klang trotzdem etwas heiser. Unter dem Vorwand meinen Zopf zu richten, gelang es mir auch, meine Hand aus seiner zu winden. Nun konnte ich fragen, wer mich denn gerade wo sucht. Zu meiner Überraschung lachte er laut auf.

„Na, ich sollte wirklich Schauspieler werden. Wenn du mir auch geglaubt hast, war meine Vorstellung anscheinend gar nicht so schlecht. Nein, ganz im Ernst, ich bin der Einzige, der nach dir gesucht hat."

„Du hast mich gesucht?", zweifelte ich.

„Ja, ich hab dich im Garten deiner Großeltern gesehen, von meinem Zimmerfenster kann ich genau hineinschauen. Ich dachte ich traue meinen Augen nicht, als du ausgerechnet in diese Richtung gingst. Was wolltest du um Gottes Willen hier in dieser Gegend?"

„Ach, es war nur ..." Ja, was hatte ich dort zu suchen gehabt? Die Erklärung von dreckigen Schuhen und Libellen erschien mir albern und kindisch. Und so hatte ich mich schon lange genug benommen.

„Ich war nur neugierig", antwortete ich schließlich.

„Die Bande der Drei ist im ganzen Dorf für ihre Streiche berüchtigt. Allerdings haben sie ziemlich Muffensausen vor ihren Vätern. Wenn das mit dir herausgekommen wäre, und davon mussten sie ja eben ausgehen, hätten sie gewaltigen Ärger und bestimmt auch Prügel bezogen. Ich glaub, egal mit was sie dir gedroht haben, sie hätten es nicht wahr gemacht. Sie hatten nur Spaß daran, dich zu ärgern. Ich denke fast, dass die mir bestimmt dankbar sind, so aus der ganzen Sache herausgekommen zu sein."

„Trotzdem war es ziemlich mutig von dir", entgegnete ich.

„Ach, halb so wild", wiegelte er ab.

„Sag mal, wie heißt du eigentlich?"

„Gunnar. Und du bist Katja, oder?" Ich war überrascht, dass er meinen Namen kannte. Dann erinnerte ich mich aber, dass er ein Nachbar von meinen Großeltern sein musste, wenn er mich von seinem Zimmer aus hatte beobachten können.

„Ich hab dich bei unseren Besuchen noch nie gesehen, obwohl du nebenan wohnst", überlegte ich laut.

„Vielleicht erklärt das mein Nachname: Brender. Aber wahrscheinlich sagt dir eher der Name Schuster etwas. So hieß meine Mutter, bevor sie heiratete."

„Oh!", war alles, was ich dazu erst mal sagen konnte. Er gehörte also zu jener Nachbarsfamilie, mit der meine Großeltern nie ein Wort wechseln würden.

„Und ausgerechnet du hast mir geholfen?"

„Warum denn nicht? Du hast doch mit dieser alten Geschichte so wenig zu tun wie ich."

„Sag nur, du weißt etwas darüber?"

Er sah mich ungläubig an. „Aber sicher! Du etwa nicht?" Ich musste zugeben, dass ich tatsächlich nicht wusste, was die Feindschaft zwischen unseren Familien ausgelöst hatte.

Mittlerweile waren wir wieder am Garten meiner Großeltern angekommen.

„Du musst jetzt sicher gehen?" Gunnars Frage klang ein wenig traurig, oder bildete ich mir das nur ein?

„Ich könnte dir aber auch erzählen, was damals passiert ist." Jetzt schwang eindeutig ein wenig Hoffnung in seiner Stimme mit.

Natürlich war ich neugierig und außerdem fühlte ich mich noch nicht in der Lage, meinen Eltern gegenüberzutreten. Es war auch nicht so spät wie befürchtet.

„Ich glaube, einen ganz kurzen Moment könnte ich vielleicht schon noch bleiben." Das klang so unsicher, wie mir zu Mute war.

„Wenn du magst, könnten wir in unseren alten Stall gehen, da kann uns keiner sehen."

„Und wo ist das?", fragte ich zögernd.

„Du stehst davor!", antwortete er grinsend. Ja, natürlich, der große Stall, der sich neben Omas Gärtchen befand, bildete die Verlängerung des Hauses, wo heute Mittag das Fenster zugeknallt worden war. Wir standen vor der Rückseite. Dort gab es auch eine kleine Tür. Gunnar hatte sie bereits geöffnet und deutete eine Verbeugung an, um mir den Vortritt zu lassen.

Das Innere des Gebäudes roch muffig und war recht dunkel.

„Vielleicht gehe ich doch besser?" Ganz wohl war mir nicht bei dem Gedanken, mich allein mit Gunnar in diesem alten Gemäuer aufzuhalten.

„Ich kann ziemlich schnell reden und so lang ist die Geschichte nun auch wieder nicht." Gunnar lächelte so lieb, dass ich mich zum Bleiben entschloss.

„Gut, aber wirklich nur ganz kurz." Glücklicherweise war der Stall etwas heller als die Scheune meiner Großeltern. Dafür gab es mehr Spinnenweben.

„Das Gebäude wird schon lang nicht mehr als Stall benutzt", erklärte Gunnar.

„Ich habe hier ein Versteck, das niemand kennt. Da gibt es auch keine Spinnen!" Gunnar hatte meinen angewiderten Blick wohl doch bemerkt. Er ging um einige Boxen herum, die früher Kühen oder Pferden als Unterkunft gedient haben mussten. In der hintersten Ecke des Stalls, verborgen von einer Bretterwand, waren alte Strohballen als Sitzgelegenheit aufgebaut. Davor befand sich ein behelfsmäßiger Tisch: ein alter Klotz zum Holzhacken auf dem ein Brett lag. Gunnar hatte es sich schon in einer Ecke gemütlich gemacht, während ich noch etwas verlegen herumstand.

„Setz dich doch", forderte er mich auf. Ich entschied mich für den Strohballen, der am weitesten von ihm entfernt war. Unsicher rutschte ich auf die vorderste Kante und blieb dort steif sitzen.

„Also, du weißt schon, dass der Streit mit deinem Onkel Karl zu tun hat?", begann Gunnar zögernd.

„Onkel Karl? Wieso Onkel Karl?" Es handelte sich um den älteren Bruder meines Vaters. Er wohnte so lange ich denken konnte in München. Wir sahen ihn höchstens zwei Mal im Jahr. Auf Urlaubsfahrten in den Süden hatten wir ihn und seine Frau hin und wieder besucht. Jedes Jahr kamen die beiden für ein paar Tage zu uns.

Dass ausgerechnet Onkel Karl Anlass für eine langjährige Feindschaft zwischen unseren Familien sein sollte, fand ich sehr unwahrscheinlich. Ich kannte ihn nur als netten, immer fröhlichen und herzlichen Menschen, der sich mit jedem gut verstand.

„Dein Onkel ist der Vater von meinem großen Bruder!", platzte Gunnar in meine Gedanken.

„Was?" Mehr konnte ich erst einmal nicht dazu sagen.

„Das glaube ich nicht!" Damit sprach ich nach einigen schweigenden Momenten meinen ersten Gedanken laut aus.

„Oh, man merkt dir die Verwandtschaft an!", sagte Gunnar ärgerlich. „So geht es mittlerweile deiner ganzen Familie. Aber es ist nun mal die Wahrheit!", sprach er trotzig weiter. Ich erinnerte mich daran, dass Gunnar mir heute mehr oder weniger das Leben gerettet hatte. Und eine Kleinigkeit konnte auch keinen erbitterten, jahrelangen Streit nach sich ziehen. Wenn es also doch stimmte?

„Entschuldige, aber es fällt mir schwer, das zu begreifen", versuchte ich ungeschickt einzulenken.

„Willst du nun alles hören? Vielleicht glaubst du mir dann." Unwirsch zupfte Gunnar Halme aus einem Strohballen.

„Ja, sicher ..." Dabei wusste ich in diesem Moment nicht so genau, ob ich es wirklich wissen wollte.

„Also, das alles liegt ja schon viele Jahre zurück. Unsere Familien sind seit Generationen Nachbarn und haben sich früher immer gut verstanden. Meine Mutter Gerlinde hat sich mit achtzehn Jahren in deinen Onkel, den fünf Jahre älteren Nachbarsjungen, verliebt. Er soll sehr gut ausgesehen haben und auch äußerst charmant gewesen sein."

Gunnar holte tief Luft und ich konnte mir nicht verkneifen, zu sagen, dass das jetzt noch der Fall war.

„Na, du musst es ja wissen. Ich kenne ihn nicht. Die beiden waren eine Zeit lang zusammen. Für meine Mutter war es viel ernster als für deinen Onkel. Erste große Liebe und so ... wie das halt sein soll." Verlegen zerpflückte Gunnar einen Strohhalm in unzählige Fäden.

„Dein Onkel hat dieser Liebe wohl nicht so viel Bedeutung beigemessen. Eines Tages eröffnete er meiner Mutter, dass er in den Westen gehen will. Damals war das ja wohl noch möglich."

Das stimmte allerdings. Als ihm mein Vater etwas später, also vor ungefähr fünfundzwanzig Jahren, folgte war es schon viel schwieriger. Im Gegensatz zu seinem kleinen Bruder hatte Onkel Karl übrigens nie die Möglichkeit gehabt, seine Eltern wieder zu besuchen. Er arbeitete bei der Bundeswehr und dies verbot ihm Reisen in die DDR.

„Nun, so wie es dein Onkel meiner Mutter sagte, dass er wegginge, hatte er seine Zukunft wohl ohne sie im Westen geplant." Zögernd sprach Gunnar weiter: „Sie fühlte sich jedenfalls nicht gerade eingeladen, mitzukommen. Vielleicht hätte sich meine Mutter gar nicht entschließen können, ihr Elternhaus und ihre Heimat einfach zu verlassen, ohne zu wissen, ob sie jemals wiederkommen darf. Aber gar nicht erst gefragt zu werden, hat meine Mutter sehr verletzt. Als dein Onkel sie ein letztes Mal besuchte, um sich zu verabschieden, hatte sie gerade erfahren, dass sie ein Kind von ihm erwartet. Sie hat es ihm gesagt. Er ist trotzdem am Abend in den Zug gestiegen und abgereist. Für immer!"

An dieser Stelle schwieg Gunnar. Auch ich musste das Gehörte verdauen. Hätte mein Onkel bleiben, seine Freundin heiraten und sich um sein Kind kümmern müssen? Ich konnte mich zwar nicht wirklich in die Lage von Gunnars Mutter versetzen, aber es musste sehr schlimm sein, als Achtzehnjährige mit einem Kind alleingelassen zu werden. Und sicher war es vor über zwanzig Jahren in einem kleinen, katholischen Dorf noch viel schwerer als heute.

„Dann verstehe ich aber die Unnachgiebigkeit meiner Großeltern nicht. Schließlich war ihr Sohn im Unrecht. Da haben sie doch keinen Grund, so verbittert auf euch zu reagieren. Vor allem nach dieser langen Zeit", überlegte ich laut.

„Nun, die Geschichte geht ja noch weiter. Für meine Mutter hatte schon immer ein gleichaltriger Junge aus einem Nachbardorf geschwärmt. Er hätte aber gegen den viel älteren und gutaussehenden Karl nie eine Chance gehabt." Wieder zerzupfte Gunnar einen Halm.

„Na ja, wer auch immer getratscht hat, jedenfalls blieb das Geheimnis meiner Mutter nicht lange geheim. Irgendwann kam es auch diesem jungen Mann, Achim, zu Ohren. Übrigens mein Vater. Er versprach meiner Mutter, sie zu heiraten und das Kind als seines anzunehmen. Und was blieb meiner Mutter anderes übrig als ‚Ja' zu sagen? Heute ist sie froh über die Entscheidung. Glaub ich wenigstens. Ich denke, die beiden verstehen sich richtig gut. Schließlich wurde vier Jahre nach Martin meine Schwester Ruth geboren und später kam ich als Nesthäkchen hinterher."

„Trotzdem begreife ich nicht den erbitterten Streit, man könnte es ja fast Krieg nennen, der zwischen unseren Familien herrscht."

„Das kann ich dir auch erklären", fuhr Gunnar fort. „Da mein Vater meine Mutter so bald heiratete, trotz Schwangerschaft, die jetzt ja auch jeder sah, gab es schnell Gerüchte. Dass das Kind vielleicht doch von ihm und nicht von Karl sein könnte. Das war natürlich die Gelegenheit für deine Familie den Schandfleck zu tilgen. Bald wurde nicht nur die Vaterschaft deines Onkels geleugnet. Deine Großeltern unterstellten meiner Mutter, das Kind nur als Vorwand benutzt zu haben, um deinen Onkel zu erpressen. Nämlich dazu, sie in den Westen mitzunehmen. Für meine Mutter was das ziemlich schwer damals. Sitzen gelassen von der großen Liebe, jemanden heiraten müssen, den sie nicht wirklich liebte und dann noch im Dorf als Erpresserin schlecht gemacht zu werden. Sie konnte nicht einmal wegziehen. Zum einen war es nicht so leicht eine Wohnung zu finden. Zum anderen war meine Uroma, die noch mit in unserem Haus wohnte, damals schwer krank. Sie brauchte Tag und Nacht jemanden, der in der Nähe war, das konnte meine Oma allein nicht schaffen. Also blieb meine Mutter." Energisch wischte Gunnar die Halmreste von seinen Beinen.

So langsam verstand ich, warum man mir nichts gesagt hatte. Man glaubte, ich sei zu jung, um in solche Familiengeheimnisse eingeweiht zu werden.

„Ja, du hast schon recht. Im Laufe der Zeit hat sich ein regelrechter Krieg entwickelt. Ich vermute ...“ Gunnar sprach nachdenklich weiter: „... manchmal wissen sie gar nicht mehr den eigentlichen Grund für ihre Feindschaft. Aber wenn sie uns hier so sehen könnten, das gäbe richtig Ärger!“

Er grinste. Mir war gar nicht nach Lachen zu Mute. Ganz im Gegenteil, es war spät geworden. Ich würde Probleme bekommen, mein langes Fernbleiben zu erklären. Und langsam wurde mir klar, dass es mehr als einen Grund gab, warum meine Eltern lieber nicht erfahren sollten, was ich in den letzten Stunden erlebt hatte.

„Ich muss gehen!“ Schon war ich aufgesprungen, ich wollte so schnell wie möglich weg.

„Ja, ist wohl besser. Ich bring dich zum Garten und helfe dir über die Mauer.“

„Du, Gunnar“, ganz langsam gewöhnte ich mich an seinen doch eher seltenen Namen.

„Ich weiß gar nicht, wie ich dir danken soll.“

„Aber ich!“

„Wie denn?“, fragte ich erstaunt nach.

„Mit Abziehbildern!“

„Abziehbilder?“ Welche Antwort ich auch immer erwartet hatte, diese bestimmt nicht.

„Ja, ihr habt ein paar am Auto, irgend so was. Gibt's doch bei euch drüben, oder? Die kann ich gut eintauschen.“

Ich war ehrlich überrascht. Allerdings wusste ich, dass man gegen Zeitschriften aus dem Westen einige Dienstleistungen „tauschen“ konnte. So bekam man beispielsweise für eine Illustrierte, besonders für eine die bei den Einfuhrverboten unter Schundliteratur eingestuft wurde, ganz schnell ein Elektrogerät repariert oder einen Film deutlich früher, als nach den sonst üblichen sechs Monaten, entwickelt. Natürlich war das Mitbringen solcher Zeitschriften strengstens verboten. Vielleicht konnte man für einen Aufkleber aus dem Westen Mathehausaufgaben abschreiben?

„Und wie gebe ich sie dir? Ich kann ja sicher nicht einfach bei euch klingeln, oder?", erkundigte ich mich.

„Nein, besser nicht. Würden dir meine Oma oder gar meine Mutter öffnen, ich glaube, die könnten dir glatt die Tür vor der Nase zuschlagen. Und ich hätte anschließend bestimmt Stubenarrest. Geh einfach in euren Garten, wenn du das nächste Mal da bist. Ich sehe dich dann bestimmt und komme runter."

„Gut, aber das kann schon noch acht Wochen dauern."

„Macht nichts, ich warte auf jeden Fall auf dich!" Er schaute mir in die Augen und in seinem Blick lag etwas, dass meine Knie zum zweiten Mal an diesem Nachmittag zittern ließ. Diesmal aus einem anderen Grund!

Ich rannte fast aus dem Stall. Zum Glück sah uns niemand. Rasch lief ich durch den Garten. Ein kurzer Blick zurück, aber Gunnar war bereits verschwunden.

Enttäuscht öffnete ich die kleine Holztür. Wieder stoben die Hühner gackernd auseinander, als ich in völliger Dunkelheit durch die Scheune tappte. Schnell hetzte ich die drei Stufen zur Haustür hoch. Die steile Treppe zum Wohnzimmer ging ich etwas langsamer. Ich konnte ja nicht völlig atemlos ankommen.

Stimmengewirr schlug mir entgegen, als ich die Wohnzimmertür aufstieß. Der Raum platzte, vor mir unbekannten Menschen, aus allen Nähten. Konnte es einen schöneren Anblick geben? Bei dem Trubel, der hier herrschte, hatte hoffentlich keiner auf die Zeit geachtet, die ich weggeblieben war. Neben meiner Mutter war noch ein Zipfel Sofa frei. Ich murmelte eine Begrüßung und setzte mich zu ihr. Die Anwesenden, die ich heute noch nicht gesehen hatte, grüßten kurz zurück, mehr Aufmerksamkeit schenkte mir keiner. Anscheinend diskutierten alle angeregt miteinander und ließen sich dabei nicht weiter stören.

„Na, wie war's in Omas Garten?" Die Frage meiner Mutter klang ganz freundlich. So sehr ich mich auch bemühte, ich konnte nicht den kleinsten Funken Misstrauen entdecken.

„Och, schön. Ich hab ein paar Johannisbeeren gegessen." Hoffentlich beugte das Fragen nach meinem langen Fernbleiben vor. Aber alle Sorgen erwiesen sich als unbegründet. Schon unterhielt sich meine Mutter wieder mit ihrem Gegenüber. Tatsächlich beachtete mich keiner so recht. Nur meine Oma fragte, ob ich ein Stück Kuchen wolle. Also konnte ich ungestört meinen Gedanken nachhängen, während meine Hände zittrig den Streuselkuchen zerteilten. Immer wieder schob sich Gunnars Gesicht in meine Gedanken. „Gunnar" – merkwürdiger Name. Bisher kannte ich niemanden, der so hieß.

„Katja! Katja?" Ich hatte gar nicht gemerkt, dass jemand mit mir sprach.

„Träumst du?" Nun war der Blick meiner Mutter doch forschend. War ich so in Gedanken versunken gewesen, dass ich nicht einmal den allgemeinen Aufbruch der Besucher mitbekommen hatte? Schnell sprang ich auf und schüttelte Hände. Mein Teller war von unzähligen Kuchenbröseln bedeckt. Unauffällig versuchte ich, alles zu einem Häufchen zusammenzuschieben und wenigstens etwas davon zu essen. Im Laufe des Abends gab ich mir große Mühe, mich auf die Gespräche zu konzentrieren. Einen weiteren Patzer konnte ich mir nicht erlauben. Irgendwann wäre meiner Mutter doch etwas aufgefallen und sie hätte unerbittlich nachgebohrt. Sie konnte da sehr hartnäckig sein. Schon lange hatte ich es aufgegeben, schlechte Noten vor ihr zu verheimlichen. Selbst, wenn es sich nur um einen Vokabeltest handelte. Jetzt fürchtete ich, schon beim kleinsten Gedanken an die Erlebnisse des Nachmittags rot zu werden. Und ich hatte keine Ahnung, wie ich das meiner Mutter erklären sollte. Also bemühte ich mich, an alles Mögliche zu denken, nur nicht an finstere Straßen, an Jugendbanden und schon gar nicht an Gunnar. Besonders Letzteres fiel mir schwer.

„Was ist das denn?" Abrupt stoppte mein Vater unser Auto am Fahrbahnrand, kaum dass wir uns von meinen Großeltern verabschiedet hatten. Der rechte Außenspiegel war weg, einfach abmontiert! Eine späte Rache der drei Jugendlichen, schoss es mir sofort durch den Kopf. Bei der folgenden lautstarken Diskussion meiner Eltern über die

Frage, wer das getan haben könnte, wagte ich natürlich nicht, meinen Verdacht zu äußern.

Allerdings war unser Fahrzeug nun nicht mehr verkehrssicher, deshalb durften wir so nicht aus der DDR ausreisen. Die Reparatur, die wir vornehmen lassen mussten, es gab tatsächlich spezielle Werkstätten in Ostdeutschland, die Ersatzteile für Autos aus dem Westen hatten, kostete über hundertfünfzig D-Mark!

Die neuen Schuhe bemerkte niemand bei den Kontrollen. Im grellen Scheinwerferlicht des Grenzübergangs hatte ich zwar feststellen müssen, dass sie tatsächlich nicht gerade modisch waren. Aber weder das, noch die zu erwartenden Hänseleien meiner Mitschüler würden mich abhalten, sie ganz oft zu tragen. Ohne diese Schuhe hätte ich Gunnar niemals kennen gelernt!

August 1979

Heute musste es sein! Wenn ich meiner besten Freundin nicht anvertrauen konnte, dass ich mich verliebt hatte, wem dann? Wir saßen auf dem winzigen Balkon von Claudias Wohnung in der Eisenschmiede. Während Claudia schwarzen Tee mit Kirscharoma in Tonbecher goss, holte ich tief Luft.

„..."

„Weißt du, wen ich gestern in der Stadt gesehen habe?", platzte Claudia in meinen festen Vorsatz und eigentlich war ich dankbar dafür.

„Nein, wen?"

„Die Denise aus unserer Klasse! Und stell dir vor, Arm in Arm mit Rainer aus der Zehnten!", ihre schmalen Lippen zitterten verächtlich. Unwillkürlich schlich sich ein Bild in meine Gedanken: Gunnar hatte den Arm um mich gelegt und so schlenderten wir durch die Kasseler Fußgängerzone. Aber das war völlig unmöglich. Jedenfalls in Kassel. Vielleicht auf einer anderen Straße? Eine ohne Geschäfte und bunte Leuchtreklamen? Claudias keifende Stimme hinderte Gunnar daran, mir in einer fremden dunklen Straße, einen Kuss auf die Wange zu hauchen.

„Da hat die schon wieder einen Neuen! Ich glaub es nicht. Die muss es wirklich nötig haben. Gut, dass wir nicht so sind. Ich find es richtig affig, mit vierzehn schon mit Jungs rumzumachen. Und womöglich gehen sie jedes Wochenende ins ‚Pool'! Bah!" Mit einem übertrieben angewiderten Gesichtsausdruck unterstrich sie ihre Worte. Unentwegt hatte sie beim Sprechen die Schnalle an ihrer grünen Kordlatzhose befingert.

„Bald werden wir ja fünfzehn. So schlimm finde ich es dann auch wieder nicht. Und wenn die zwei sich halt mögen und gern zum Tanzen in eine Disco gehen ..." Ich umklammerte den heißen Teebecher. Trotz des warmen Sommertages fror ich.

„Sag mal, spinnst du jetzt?", wies mich Claudia zurecht. Wütend warf sie ihre dunklen, schulterlangen Haare zurück.

„Ich dachte wir wären uns in dem Punkt einig."

Das hatte ich auch angenommen. Jedenfalls bis vor wenigen Wochen. Wir konnten die Mädchen aus unserer Klasse nicht begreifen, die schon mit Jungs „gingen". Mit dieser Meinung standen wir allerdings allein da. Bemerkungen wie: „Ihr habt ja bloß keinen abgekriegt und seid neidisch!", hatten uns nur enger zusammengeschweißt.

Claudia und ich kannten uns schon seit dem Kindergarten. Dann waren wir zusammen eingeschult worden und hatten später in die gleiche weiterführende Schule gewechselt. Zwischen unseren Wohnungen lagen auch nur knapp zehn Minuten Fußweg. Wir trafen uns so oft es ging am Nachmittag. Claudia war immer die forschere und bestimmende von uns beiden gewesen. Damit war ich bisher gut klar gekommen. Jetzt hatte ich wirklich Angst, sie könnte sich hintergangen fühlen, wenn sie von Gunnar erführe.

Der Anblick der Balkonblumen, die in der Spätnachmittagshitze beleidigt ihre Köpfe hängen ließen, riss mich aus meinen Grübeleien. Drei Stockwerke unter uns setzte langsam der Feierabendverkehr ein. Rasch trank ich meinen Tee aus, der plötzlich bitter schmeckte. Unter dem Vorwand, nicht alle Hausaufgaben fertig zu haben, verabschiedete ich mich früher als sonst.

Ich war froh, wieder allein in meinem Zimmer zu sein. Oft saß ich einfach nur da, hörte Musik und träumte vor mich hin. Für den Fall, dass meine Mutter herein käme, hatte ich immer ein Buch neben mir liegen. Aber ich las kaum noch während der letzten Wochen. Ich brauchte nicht die Geschichten unbekannter Helden. In meinem Kopf war meine eigene Geschichte. Und vor allem mein eigener Held! Nur der Sänger der Eagles schaute vorwurfsvoll von seinem Poster auf mich herab. Hatten ihm doch bisher alle meine Tagträume gegolten.

Ob Gunnar auch so oft an mich dachte, wie ich an ihn? War er vielleicht nur an den versprochenen Aufklebern interessiert? Ich hatte keine Ahnung, welche Art von Aufklebern er meinte. So gab ich mein

Taschengeld für Fußballsammelbilder aus. Wie blöd ich mir beim Kauf vorgekommen war!

Anscheinend hatten sich sämtliche Süßwarenhersteller gegen mich verschworen. So erfuhr Claudia doch von Gunnar. Wir waren nachmittags in der Stadt verabredet. Da ich früher als sie vor dem Rathaus ankam, kaufte ich an dem großen Kiosk schnell ein paar Schokoriegel. Essen würde ich keinen davon. Im Moment gab es nur Aufkleber auf Süßigkeiten, die ich überhaupt nicht mochte. So bot ich Claudia davon an. Sie wunderte sich achselzuckend über meine Auswahl und warf achtlos das Sammelbildchen fort. Viel zu hektisch griff ich danach. Nun kam ich um eine Erklärung nicht umhin! Wir setzten uns auf die Treppe vor dem Rathaus und ich erzählte ihr von Gunnar.

Die peinlichen Ereignisse vor unserer ersten Begegnung verschwieg ich ihr allerdings.

„Es muss also unbedingt ein Junge aus dem Osten sein? Gibt es in Kassel keine, oder wie? Na, du musst es ja wissen!" Claudia sprang auf und hatte es auf einmal sehr eilig, nach Hause zu kommen.

Gehörten Aufkleber eigentlich auch zu „Druckerzeugnissen" und sind deshalb verboten mit in die DDR zu nehmen? Diese Frage bereitete mir arges Kopfzerbrechen. Ich wusste, dass es strengstens untersagt war, Zeitungen, Zeitschriften und Bücher aus dem Westen in den anderen Teil Deutschlands zu bringen.

Zum Glück war ich drei Tage bevor wir wieder zu den Großeltern fahren würden allein zu Hause. Bei meiner heimlichen Suche entdeckte ich in den Unterlagen meiner Eltern die Broschüre über „Reisen in die DDR". Viel hatte mir das nicht geholfen. Im Anhang fand ich zwar eine Rubrik mit den „Einfuhrverboten der DDR". Dort war in elf Oberbegriffen und etlichen Unterpunkten genau aufgelistet, was man nicht nach drüben mitnehmen durfte. Diese Liste reichte von Arzneimitteln bis Schusswaffen. Der Begriff „Druckerzeugnisse" beinhaltete die meisten Unterpunkte. Aufkleber waren nicht ausdrücklich erwähnt. Aber gerade die mit Werbung bedruckten, standen bestimmt nicht mit der „kommunistischen Ideologie" im Einklang, oder? Und diese Dinge durften alle nicht nach Ostdeutschland eingeführt werden.

Die Liste der „Ausfuhrverbote aus der DDR" war mit fünfundzwanzig Oberbegriffen und vielen Unterpunkten weitaus umfangreicher. Von Kinderbekleidung, Glaswaren über Lebensmittel bis Schmuck, gab es fast nichts, was nicht verboten gewesen wäre, mit in den Westen zu bringen.

Meine Eltern konnte ich nicht um Rat fragen. Wie hätte ich erklären sollen, dass ich über zwanzig Aufkleber zu den Großeltern mitnehmen will? Und vor allem für wen? Es hätte mich sowieso keiner davon abhalten können, es wenigstens zu versuchen.

Ein Versteck im Auto bereitete mir ebenfalls tagelanges Kopfzerbrechen. Ich beschloss, die Aufkleber in meiner Jackentasche zu verbergen. Sollten wir aussteigen müssen, könnte ich die Jacke unauffällig überziehen. Bei der Einreise wurde meistens nur das Auto kontrolliert und selten die Personen.

Bevor wir die Großeltern wieder besuchen würden, musste ich noch einen Wandertag über mich ergehen lassen. Mit der Straßenbahn fuhr unsere Klasse von der Schule aus los. Claudia und ich saßen allein auf einer der vorderen Bänke. Unser Ziel war der Park Wilhelmshöhe, der größte Bergpark in Europa. Dort sollten wir uns mit den Besonderheiten des Schlosses und der Parkanlagen vertraut machen. Als Höhepunkt war eine Führung durch die, im Schloss Wilhelmshöhe untergebrachte, Gemäldegalerie geplant. Jedenfalls versuchte unsere Lehrerin, Frau Wagner, uns dies als Krönung des Wandertages zu verkaufen. Doch bis dahin mussten wir uns mit dem begnügen, was so ein Tag eigentlich bedeutete: wandern!

Sogar einen Umweg zum Schlosshotel mussten wir laufen. Dort rief Frau Wagner alle zu sich und fragte nach der politischen Bedeutung dieses Gebäudes. Außer gelangweilten Blicken und unschlüssigem Gemurmel bekam sie keine Antwort. Im Ordner meiner Eltern, in dem ich vorgestern nach den Einfuhrverboten gesucht hatte, waren auch viele Zeitungsartikel über die Teilung Deutschlands abgeheftet. Zu meiner

Überraschung erfuhr ich beim Lesen, dass in meiner Heimatstadt einer der Grundsteine für das spätere Transitabkommen gelegt worden war. Ohne die in Kassel geführten Gespräche, hätte es den kleinen Grenzverkehr vielleicht gar nicht gegeben. Dann hätte ich Gunnar nie kennen gelernt! Der Gedanke an ihn ließ mich mutig den Finger heben. Ich antwortete unserer erwartungsvoll dreinblickenden Lehrerin: „Vor fast zehn Jahren war hier ein Treffen zwischen Brandt und Stoph."

„Streber!", hörte ich es aus der hinteren Reihe meiner Klassenkameraden rufen. Aber Frau Wagner begeisterte sich für meine Antwort.

„Sehr gut, Katja! Am 21. Mai 1970 hat genau hier in diesem Hotel das so wichtige Treffen zwischen Brandt und Stoph stattgefunden. Willy Brandt war ja damals unser Bundeskanzler und Willi Stoph der Ministerratsvorsitzende der DDR. Dieses Gespräch hat den Entspannungsprozess zwischen den beiden deutschen Staaten ein gutes Stück vorangebracht."

Ihre Ausführungen stießen nur auf mäßige Aufmerksamkeit und bald fiel es ihr schwer, sich Gehör zu verschaffen. So ließ sie uns rasch weiterlaufen. Im Gehen wandte sie sich an mich.

„Du bist ja gut informiert. Wusstest du auch, dass der Zug, mit dem die DDR-Delegation nach Kassel reiste damals seine Jungfernfahrt erlebte? Na ja, aber eigentlich standen die Gespräche erst unter keinem so guten Stern. Schon auf der Fahrt zum Schlosshotel wurde das Auto, in dem Brandt und Stoph fuhren, von Rechtsradikalen angegriffen. Und während der Gespräche wurde die Flagge der DDR vor dem Hotel heruntergerissen. Obwohl hier ...", sie machte eine unbestimmte ausladende Geste mit den Armen „... alles zum Sperrgebiet erklärt worden war. Die drei Rechtsradikalen hatten sich als Journalisten ausgegeben. Naja, davon gab es bei dem Ereignis über hundert. Also Journalisten. Damals war in Kassel kaum noch ein Hotelbett zu ergattern. Dienlich war der Vorfall jedenfalls nicht für das Treffen. Lediglich ein vertrauliches Gespräch im Park des Schlosshotels ..." Sie stockte kurz in ihren Ausführungen, weil sie automatisch zurückschaute. Auch Claudia und ich drehten uns um, als könne man die beiden Staatsoberhäupter noch hinter dem Hotel sehen.

„... ja, dieses Gespräch soll unbefangener und sachlich verlaufen sein“, nahm Frau Wagner ihren Gedanken wieder auf. „Du interessierst dich wohl für die deutsche Politik, Katja?“

Mein „Ja“ quittierte Claudia mit den gemurmelten Worten: „Aber auch erst seit acht Wochen!“

Frau Wagner überhörte ihre gehässige Bemerkung und fragte mich nach dem Grund.

„Nun, mein Vater ist vor knapp fünfundzwanzig Jahren aus der DDR geflohen. Seit sechs Jahren können wir meine Großeltern, dank des kleinen Grenzverkehrs drüben besuchen. Mit dem Auto. Ungefähr alle acht Wochen fahren wir für einen Tag hin. Übermorgen sind wir wieder bei ihnen.“

Übermorgen, also in achtundvierzig Stunden! Endlich!

September 1979

Der Anblick der Grenzanlagen traf mich wie eine Maus das Zuschnappen der Falle. Die innerdeutsche Grenze war für mich immer selbstverständlich gewesen. Ich hatte mich nie besonders daran gestört. Schließlich kannte ich es von klein auf nicht anders. Klar war diese Grenze mit den Unannehmlichkeiten, den langen Wartezeiten und den Kontrollen verbunden, weiter hatte ich nicht darüber nachgedacht. Noch nie hatte ich die Grenze so unmenschlich empfunden, nie so sinnlos! Denn dahinter war Gunnar eingesperrt. Diese Teilung Deutschlands verhinderte, dass wir uns treffen konnten, wann wir wollten. Natürlich gab es auch andere Hürden, aber die Grenze war das größte und monumentalste Hindernis, das sich uns in den Weg stellte!

Beim Anblick des Überwachungsturms, der die Grenzanlagen überragte fühlte ich mich sofort unbehaglich und beobachtet! Rund um die Uhr wurde die Grenze von oben kontrolliert. Dort gab es auch die Möglichkeit, eine Kfz-Schnellsperre zu betätigen. Das geschah, falls jemand versuchte, mit einem Auto einfach durch die Grenzanlagen zu rasen. Jeder auffällige Pkw konnte so sehr effektiv gestoppt werden.

Die westdeutschen Zollbeamten schauten eher flüchtig in unsere Papiere und wünschten einen angenehmen Tag. So hatte ich genügend Gelegenheit, die Grenzanlagen noch genauer zu betrachten. Der drei Meter hohe Metallgitterzaun war unübersehbar. Mit Stacheldraht und mehreren Reihen Elektrodrähten war er zusätzlich gesichert. Die menschenverachtenden und todbringenden Selbstschussanlagen konnte ich zum Glück nicht erkennen. Zu wissen, dass es sie gab, reichte mir. Ich musste sie nicht auch noch sehen, genauso wenig wie die Spanndrähte, bei deren Berührung die oftmals tödlichen Stahl- und Eisensplitter abgefeuert wurden.

Bis zum Horizont zog sich das Minenfeld. Eine hässliche, braune Narbe an der Schnittstelle des geteilten Deutschlands! Aggressivste

Unkrautvernichtungsmittel hatten diese breite, öde Fläche jeglicher Vegetation beraubt, dafür war sie aber mit vielen Bodenminen gespickt. Zwischen Kolonnenweg und Minenfeld gab es einen Kfz-Sperrgraben, eine tiefe Grube, auf dessen Grund eine Betonmauer stand. Man hatte nicht nur an den Grenzübergängen, sondern auch auf der gesamten Länge der Grenze keine Chance einfach mit einem Auto durchzubrechen. Gebannt starrte ich auf die Grenzanlagen und hoffte, wir könnten bald weiterfahren. Ich hatte genug gesehen! Aber die zwei Autolängen, die wir aufrückten, eröffneten mir nur einen besseren Blick. Überall waren Scheinwerfer installiert, für eine bessere Sicht bei Nacht. Und für alles, was menschlichen Augen entging, gab es einen Streifen, der durch Hunde bewacht wurde.

Endlich waren wir bis zu dem ersten ostdeutschen Kontrollhäuschen vorgedrungen. Dort wurden unsere Papiere von den Kontrollorganen der DDR, so lautete die offizielle Bezeichnung der Grenzer, vorsortiert. Hätten wir etwas vergessen, dann wäre das jetzt das Ende unseres Besuchs gewesen. Um ein paar Stunden in Ostdeutschland zu verbringen waren viele Formulare nötig. Neben den üblichen Reisepässen und Fahrzeugpapieren brauchte man die Anmeldebestätigung des Einwohnermeldeamtes, denn den kleinen Grenzverkehr durfte nur nutzen, wer in einem grenznahen Bereich wohnte. Und das musste jedes Mal aufs Neue bewiesen werden.

Natürlich konnte man auch nicht nach Ostdeutschland einreisen, ohne vorher die Genehmigung, also in der DDR-Amtssprache: den Mehrfachberechtigungsschein für den kleinen Grenzverkehr, rechtzeitig beantragt zu haben. Wichtig war auch das Formular, auf dem man aufzählte, welche Geschenke man mit in die DDR nahm. Auf der Rückseite musste man später wiederum alles eintragen, was man aus dem Osten Deutschlands mit in den Westen nehmen wollte.

Am nächsten Kontrollhäuschen verschwanden unsere Papiere nach nochmaliger Durchsicht in einem Hinterzimmer, wo unsere Daten überprüft wurden. Währenddessen zahlten wir die zehn D-Mark Straßenbenutzungsgebühr und für jeden Erwachsenen fünf Mark Visagebühren. Meine Eltern mussten nun noch jeweils dreizehn westdeutsche

Mark in dreizehn Ostmark umtauschen. Von diesem Mindestumtausch durfte man nichts wieder in den Westen bringen. Etwas davon zu kaufen war aber gar nicht so einfach. Alles Schöne und Nützliche durfte man meist nicht aus der DDR mit nach Hause nehmen.

Viel konnte man mit dem getauschten Geld also nicht anfangen. Außer vielleicht Kunstgewerbegegenstände einzukaufen, wie Schnitzereien oder Wandteller. So schenkten wir die Ostmark meistens den Großeltern.

Erst beim nächsten Kontrollhäuschen bekamen wir unsere Ausweise und übrigen Dokumente wieder. Hier wurde auch das Auto kontrolliert, aber lange nicht so gründlich, wie nachher bei der Ausreise.

Niemand bemerkte meine Aufkleber! Immer mulmiger war es mir deswegen geworden. Bei den Kontrollen fühlte man sich sowieso als potentieller Verbrecher behandelt. Zu wissen, dass man in den Augen der Grenzer einer war, machte die Situation nicht gerade leichter. Den Ärger, den es bei Entdeckung meiner „Schmuggelware" mit den Grenzern und meinen Eltern gegeben hätte, wollte ich mir lieber gar nicht vorstellen.

An die eigentliche Grenze schloss sich ein fünfhundert Meter breiter Schutzstreifen an. Und danach kam noch die fünf Kilometer breite Sperrzone. Die Menschen, die in diesem Gebiet wohnten, hatten mir schon immer Leid getan. Wer hier lebte, durfte nicht von westdeutschen Verwandten besucht werden. In dem Schutzstreifen waren alle öffentlichen Lokale, Kinos und Gaststätten geschlossen worden. Im Sommer durfte man sich nur bis dreiundzwanzig Uhr im Freien aufhalten. Im Winterhalbjahr war die Sperrstunde bereits um einundzwanzig Uhr. Wer danach noch draußen ertappt wurde, musste damit rechnen, eine Nacht auf der Grenzkompanie zu verbringen. Auch wir wurden beim Verlassen des Sperrgebietes noch einmal kontrolliert.

Die Straße schlängelte sich durch die riesigen, reifen Weizenfelder wie eine Anakonda durch einen schmutzig gelben Fluss nach einer Überschwemmung. Kurz vor dem Dorf meiner Großeltern wand sich die schmale Landstraße an einem Hang entlang. Im Fahrtwind unseres Autos bewegten sich trockenes Gras und Zweige. Mir kam es so vor, als würden mir die Büsche zuwinken. Jeder auch noch so verdorrte Grashalm schien sich mit mir über meine Ankunft zu freuen.

Nie hatte sich das Geholpere des Kopfsteinpflasters in der Straße meiner Großeltern so schön angefühlt, nie das Rumpeln so einladend geklungen. Wir waren da! Endlich! Ich konnte mein Glück noch gar nicht fassen. Nur wenige Schritte trennten mich von Gunnar! Es fiel mir immer schwerer, meine Nervosität zu verbergen.

Heute Vormittag war ein Spaziergang geplant. Ich mochte die Landschaft des Eichsfelds sehr gern. Früher hatte ich mich immer gefreut, wenn wir einen Ausflug zu einer der mittelalterlichen Burgen, wie Schloss Bodenstein oder Burg Scharfenstein, unternahmen. Das Dorf meiner Großeltern war in eine hügelige Landschaft eingebettet. Gerade heute, bei strahlend blauem Himmel und schon leicht verfärbten Laubbäumen, musste es im Wald wunderschön sein. Wenn nur nicht der Gedanke an Gunnar gewesen wäre! Ob er an seinem Zimmerfenster schon auf mich wartete? Hatte er überhaupt gesehen, dass wir die Großeltern heute besuchten? Bedeutete es ihm etwas, dass ich wieder da war? Die letzte Frage traute ich mich kaum zu denken.

Vielleicht war Gunnar heute Vormittag gar nicht zu Hause. Wenn ich mich meinen Eltern und Großeltern anschließen würde, hatte er auf jeden Fall länger Gelegenheit zu bemerken, dass unser Auto vor dem Hoftor stand. Gegen Nachmittag erlosch das Interesse meiner Großeltern an ihrer Enkelin erfahrungsgemäß wieder. Die Neuigkeiten waren ausgetauscht und sie erzählten dann viel von sich, ihrem Dorf und den Nachbarn. Dann würde es am wenigsten auffallen, wenn ich kurz verschwand. Immer wieder hatte ich verstohlen zum Nachbarhaus geschaut, konnte aber nie die kleinste Regung entdecken. Also entschloss ich mich dazu, mit den Erwachsenen spazieren zu gehen.

Im Gegensatz zum letzten Mal hatte ich mich heute sehr sorgfältig zurechtgemacht. Meine Haare hatte ich schon früh morgens gewaschen und mit Kamillentee gespült. In der Hoffnung, dass sie dann glänzten. Anschließend föhnte und bürstete ich sie so lange, bis ich mit dem Ergebnis einigermaßen zufrieden war. Die Jeanshose saß derart eng, dass ich mich auf den Boden hatte legen müssen, um den Reißverschluss zu schließen. Eine Aktion, die meine Mutter nicht hätte sehen dürfen, sonst wäre die Hose sofort, als eindeutig bereits zu klein, im Altkleidersack gelandet.

Erfreut hatte ich festgestellt, dass meine weiße Bluse, die mit den Rüschen am Kragen und den Ärmeln, gebügelt im Schrank lag. Zum Schluss trug ich ein wenig getönte Tagescreme mit Karottenextrakt auf. Make-up benutzte ich nie, wahrscheinlich hätte es mir meine Mutter aber sowieso nicht erlaubt. Obwohl sie selbst heute früh lange Zeit mit dem Auftragen von Lidschatten, Wimperntusche und Lippenstift im Bad verbracht hatte. Ich wurde von meinen Eltern nach wie vor als Kind gesehen. Etwas, das mich immer mehr ärgerte.

Beim Mittagessen war ich so aufgeregt und zappelig, dass ich mein Saftglas umstieß. Oma Frieda fand das nicht weiter tragisch, nachsichtig wie Omas eben sind. Meine Mutter warf mir beim Wegwischen der Pfütze finstere Blicke zu. Am meisten traf mich aber die Bemerkung von Opa Heinrich: „Warum so aufgeregt, meine Dame, steckt da vielleicht ein junger Mann dahinter?" Damit griff er sein Lieblingsthema auf. Zum Glück schenkte weder dieser Anspielung, noch meinem hochroten Kopf jemand Aufmerksamkeit. Als meine Oma den Nachtisch servierte, quälte mich noch immer die Frage, unter welchem Vorwand ich bloß in ihren Garten gehen könnte. Meine Träume, Hoffnungen und auch Befürchtungen hatten immer in dem Moment begonnen, in dem ich den Garten betrat.

Als mir meine Oma ihren selbstgemachten Johannisbeersirup für den Vanillepudding reichte, hatte ich die rettende Idee.

„Oma Frieda, wachsen denn noch welche von den leckeren Johannisbeeren in deinem Garten?"

„Ach, Kind", sie lachte herzlich. „Man merkt, dass du in der Stadt wohnst. Ende September gibt es doch keine Johannisbeeren mehr!" Alle meine Hoffnungen lagen zerschmettert am Boden.

„Aber ein paar Brombeeren sind schon reif. Sie wachsen neben der Mauer. Wenn du davon welche magst, kannst du sie gerne abessen." Und wie ich sie mochte! Mühsam beherrschte ich mich. Allzu große Begeisterung für saure Brombeeren wäre sicher verdächtig gewesen.

Mittlerweile waren wir mit dem Essen fertig und der Tisch wurde abgeräumt.

„Soll ich abwaschen helfen?", fragte ich, obwohl ich nur „bloß nicht, bloß nicht" dachte.

„Nein, lass ruhig, geh nur raus, das schaffen wir schon alleine." Lachend scheuchte mich Oma mit ihrer Schürze, die sie gerade umbinden wollte, aus der Küche. Alle meine Gebete wurden heute erhört!

Die Glückssträhne hielt an. Schnell holte ich von oben meine Jacke mit den darin verborgenen Aufklebern. Ich flog fast die enge Treppe hinunter, riss atemlos die Haustür auf und stieß beinahe mit einem Mann zusammen, dessen Finger über der Klingel eingefroren war.

„Oh, welch stürmischer Empfang! Dabei hatte ich doch noch gar nicht geläutet. Du bist Katja, nicht wahr?", fragte mich, der mit dunklem Anzug und Schlips bekleidete Herr. Er musste ungefähr so alt wie mein Vater sein, obwohl er bereits deutlich weniger Haare hatte.

„Du bist ja groß geworden", sprach er weiter. „Ich hab euch lang nicht mehr gesehen. Deine Eltern sind sicher drin, oder? Mit deinem Vater bin ich damals in die Lehre gegangen, weißt du? Jetzt wohne ich ja schon lang nicht mehr hier. Aber heute war ich zufällig bei meiner Mutter zu Besuch und da höre ich, dass ihr da seid. Da dachte ich mir, überraschst sie halt mal."

„Ja, ja, sie sind alle in der Küche", stammelte ich, als er doch mal kurz Luft holen musste. Wenn er bei meinen Eltern genauso viel redete, hatte ich genug Zeit und würde bestimmt nicht so schnell vermisst.

Sekunden später stand ich etwas verloren in Omas Garten. Wenigstens sollte ich meine Ausrede mal aufsuchen, damit ich mich später nicht verplapperte. Selbst als Stadtkind fand ich die Brombeeren sofort. Viele reife Früchte hingen noch nicht an den stacheligen Ranken. Zögernd steckte ich mir eine besonders dunkle Beere in den Mund. „Öh", gerade verzog ich das Gesicht, als ich jemanden lachen hörte.

Es war Gunnar! So schnell hatte ich nicht mit ihm gerechnet. Ob er schon die ganze Zeit draußen gewartet hatte?

„Na, sauer?", fragte er noch immer grinsend.

„Allerdings", gab ich zurück. Eine Begrüßung, wie sie in all meinen Tagträumen der letzten Wochen nicht wirklich vorgekommen war.

Und nun? Was sagt man beim ersten Treffen? Der Denise aus meiner Klasse wäre sicher etwas Besseres eingefallen, außer rot zu werden und dümmlich zu lächeln. Zum Glück fragte Gunnar in meine Verlegenheit: „Willst du nicht zu mir rüber kommen? Sonst sieht uns noch jemand." Froh, dass Hände und Füße eine Aufgabe hatten, kletterte ich über die kleine Mauer. Leider nicht so elegant, wie ich es mir gewünscht hätte. Aber schließlich stand ich auf der anderen Seite.

„Gehen wir in mein Versteck?", fragte Gunnar.

„Aber nur ganz kurz, ich muss gleich wieder zurück." Auch das hatte ich mir so nicht ausgemalt, zudem es ja nicht mal ganz stimmte. Auf einmal machte mir der Gedanke Angst, allein mit Gunnar in dem alten Stall zu sein. Dabei hatte ich mir die letzten Wochen nichts Schöneres vorstellen können. Warum ist es nur so verdammt kompliziert, verliebt zu sein?

In Gunnars Versteck standen ein paar Wiesenblumen in einem Einkochglas auf dem Tisch und es war nicht eine Spinnwebe zu sehen. „Wie süß!", schoss es mir durch den Kopf. Aber ich schwieg. Als wir in den Stall gegangen waren, musste ich meinen Eindruck von Gunnar ein zweites und endgültiges Mal zurücknehmen. Er war nicht nur ein Stück größer als ich, sondern wirkte auch viel reifer und älter. Hatte ich mich bei unserer ersten Begegnung so getäuscht, weil mir die drei Jungen so groß und Angst einflößend vorgekommen waren? Möglicherweise hatte es aber auch nur an Gunnars kurzer Hose gelegen. Welcher Junge bei uns im Westen zog schon kurze Hosen mit Hosenträgern an? Gunnar war heute mit einer langen, schwarzen Stoffhose bekleidet. Dazu trug er ein helles Hemd und einen, bestimmt von Mutter oder Oma gestrickten, grauen Pullunder. Damit sah er viel erwachsener als die Jungen aus meiner Klasse aus, die meist nur in Jeans und T-Shirt gekleidet waren. Draußen war mir auch aufgefallen, dass er ganz dunkelbraune Augen hatte, die einen attraktiven Kontrast zu seinen hellblonden Haaren bildeten. In meiner Aufregung und später im Dämmerlicht des Stalls, hatte ich das beim letzten Mal gar nicht bemerkt.

41

„Ich hab was für dich", mit diesen Worten kramte ich umständlich die Aufkleber aus der Jackentasche.

„Oh, so viele! Einwandfrei!" Und schon war der Stapel, der mir so viel Kopfzerbrechen bereitet hatte in seiner Hosentasche verschwunden.

„Ich schaue sie mir nachher in Ruhe an", ergänzte er dann doch noch. Waren die Aufkleber wirklich nur ein Vorwand gewesen, um mich wieder zu sehen? Ein Glücksgefühl kribbelte in meinem Bauch.

„Du, Katja, ich hab auch was für dich. Es war schwierig, etwas zu finden, das so klein ist, dass du es unauffällig mitnehmen kannst und außerdem nicht verboten ist, mit nach drüben zu nehmen. Ich habe lange überlegt, und dann war ich noch mal am Mühlen-Weiher, an der Stelle, wo wir uns kennen gelernt haben." Jetzt suchte Gunnar in seiner Hosentasche.

„Dort habe ich das gefunden. Ich möchte es dir gern schenken ..." Er reichte mir einen ovalen Stein, der genau in meine Hand passte. Rote und glitzernde Streifen durchzogen ihn. Er war noch ganz warm.

„Danke!"

„Ach, dafür brauchst du dich nicht zu bedanken, ist ja nichts Besonderes", verlegen zupfte Gunnar an seinen Fingernägeln. „Doch, ich finde ihn sehr schön!"

„Ich wollte dir gern etwas geben, etwas bei dem du an mich denkst, wenn du es siehst."

„Das werde ich bestimmt. Vielen Dank!" Ich war so gerührt, dass ich die Worte nur flüsterte. Er hatte in den vergangenen Wochen auch an mich gedacht! Vor Freude hätte ich Luftsprünge machen können. Jedenfalls wenn ich nicht so schüchtern gewesen wäre. So packte ich all mein Glück in ein zaghaftes Lächeln. Ich konnte nur hoffen, dass er es verstand.

Eine ganze Weile herrschte nun Schweigen und dann gleichzeitig: „Wie ...?" Wir mussten beide lachen und alle Verlegenheit war endlich verflogen.

„Sag du zuerst!"

„Nein, du!"

„Na gut, wie alt bist du eigentlich, Katja?"

„In vier Wochen werde ich fünfzehn. Und du?"

„Ich bin sechzehn, seit fast einem halben Jahr."

Er erzählte, dass er mich vormittags kurz gesehen hatte und seitdem auf mich wartete. Ich berichtete ihm, unter welchem Vorwand ich es geschafft hatte, in den Garten zu kommen. Während wir uns unterhalten hatten, war Gunnar immer dichter zu mir gerutscht.

„Ich muss jetzt wieder gehen." Auf keinen Fall wollte ich riskieren, dass mich jemand fragte, wo ich so lange gewesen war.

„Wir bekommen bald Besuch, spätestens dann werden sie mich vermissen. Ullrich, das Patenkind meines Vaters, möchte uns seine zukünftige Frau vorstellen. Die beiden heiraten im Frühjahr und wir kennen seine Verlobte immer noch nicht."

„Wieso Patenkind? Dein Vater lebt doch schon ewig nicht mehr hier." Interessierte das Gunnar wirklich, oder wollte er nur den Abschied ein weinig verzögern?

„Ich fürchte auch, dass Ullrich nicht viel von seinem Patenonkel hatte." Ich war auf jeden Fall bemüht, die Trennung etwas hinauszuschieben. So erzählte ich ausführlicher als eigentlich nötig: „Er ist der Enkel der ältesten Schwester meines Opas. Zwei Wochen nach Ullrichs Taufe war mein Vater bereits im Westen. Von seinem Vorhaben hätte er natürlich keinem was sagen dürfen, dann wäre er vielleicht doch noch verraten worden. Er hat Ullrich aber immer geschrieben und Päckchen geschickt. Jetzt, wo er erwachsen ist, sehen sie sich ja öfter. Wir sind auch zu seiner Hochzeit eingeladen."

„Dann kommt ihr also im Frühjahr wieder?" Ich musste über Gunnars Frage lächeln.

„Nein, schon vorher. Wahrscheinlich besuchen wir meine Großeltern das nächste Mal im November. Die Hochzeit ist allerdings in Heiligenstadt und nicht hier. Jetzt muss ich aber wirklich los. So viele Brombeeren gab es noch gar nicht." Eigentlich hätte ich aufstehen müssen. Zum Glück fiel mir noch etwas ein: „Ich hab übrigens mal versucht, meine Eltern nach deiner Familie zu fragen. Viel habe ich nicht erfahren, aber ich glaube, sie wären überhaupt nicht begeistert, wenn sie uns hier zusammen sehen würden!"

„Ich weiß, meine Mutter darf davon auch nichts wissen. Ich bekäme dann bestimmt immer Hausarrest, sobald euer Auto nebenan parken würde. Es sollte also besser unser Geheimnis bleiben."

Sein Blick ließ meine Beine zu Pudding gerinnen und ein großer Schwarm Schmetterlinge schlüpfte gleichzeitig in meinem Bauch aus dem Kokon.

„Ich muss los!" Das sagte ich sehr laut, damit ich es auch selbst hörte. Ich hätte ewig bei Gunnar sitzen bleiben können.

„Ja, gehen wir besser, bevor du noch Ärger bekommst. Aber du beantwortest mir doch noch eine Frage, oder?" Nervös zupfte Gunnar nicht vorhandene Fusseln von seiner Hose bevor er weitersprach: „Sehen wir uns im November?" Gut, dass ich noch nicht aufgestanden war, seine Frage, auf die ich so gewartet hatte, ließ meine Knie noch zittriger werden.

„Gern! Aber wo treffen wir uns? Ich glaube nicht, dass es dann noch irgendwelche Beeren im Garten meiner Oma gibt."

„Ich warte einfach auf der Straße auf dich. Am Ende, da wo die große Linde steht. Dort bemerkt man mich nicht gleich, aber ich kann von da euer Haus gerade noch sehen. Es wäre schön, wenn du nach draußen kommen kannst."

Gleichzeitig standen wir auf. Er nahm mich an der Hand und so gingen wir durch den Stall. Ich hätte bis ans Ende der Welt mit Gunnar laufen können, aber schon standen wir am Tor. Schnell schlüpfte Gunnar hindurch und sah nach, ob jemand in der Nähe war.

„Und wenn es an dem Tag draußen ganz scheußlich ist?" Die Frage stellte ich vor allem, um den nahenden Abschied noch ein bisschen zu verzögern. Andererseits bekäme ich bei schlechtem Wetter ein echtes Problem, einen Vorwand zum Rausgehen zu finden.

„Wenn du kommst, kann es gar nicht regnen!", versicherte Gunnar, während er mir half, über die Mauer zu klettern. An unserer Scheunentür schaute ich zurück. Diesmal stand Gunnar noch immer da und winkte mir zu. Strahlend hob ich meine Hand zum Abschied.

November 1979

Es regnete tatsächlich nicht. Es schüttete! Schon um fünf Uhr morgens hatte mich das trostlose Plätschern geweckt. Auch an die Fenster meiner Großeltern prasselte ein Wolkenbruch. Mit einem Unterschied: der Regen war hier noch viel kälter!

Heute waren wir früher als sonst angekommen. So hatten wir noch Zeit für ein zweites Frühstück. Das schlechte Wetter hielt wohl die meisten Westdeutschen von einem Verwandtschaftsbesuch in der DDR ab. Auch die Kontrollen waren nicht so gründlich gewesen; die Grenzoffiziere hatten sich bemüht, schnell wieder in ihre trockenen Baracken zu kommen. Bedrückt saß ich an Omas liebevoll gedecktem Tisch und konnte nur an Gunnar denken. Womöglich wartete er draußen im Regen auf mich. Unter welchem Vorwand konnte ich bloß auf die Straße gehen?

„Kosten die Brötchen immer noch fünf Pfennige?", erkundigte sich meine Mutter gerade.

„Das schon", bestätigte Oma Frieda „aber frag lieber nicht, was wir für manches andere bezahlen müssen." Die niedrigen Preise für Brot, Brötchen und andere Grundnahrungsmittel in der DDR ließen uns immer wieder staunen. Allerdings gab es auch viele Lebensmittel, die sehr teuer waren. Diese Fünf-Pfennig-Brötchen schmeckten übrigens sehr lecker.

Normalerweise wenigstens. Heute Morgen fand ich sie pappig und zäh, im Mund wurden sie immer dicker. Bei einer heftigen Windböe hatte ich das Gefühl daran zu ersticken. Zehn Schritte trennten mich von Gunnar! Und es bedeutete nicht den geringsten Unterschied zu den fünfundsiebzig Kilometern, die es in den vergangenen Wochen gewesen waren. Ich wagte nicht zu fragen, ob ich nach draußen darf. Die ablehnende bis bestenfalls verständnislose Reaktion meiner Eltern konnte ich mir lebhaft vorstellen. Es wollte mir einfach kein vernünftiger Grund einfallen, der einen Spaziergang bei diesem grässlichen Wetter gerechtfertigt hätte.

Das plötzlich verstummende Gespräch schreckte mich aus meinen trübsinnigen Gedanken. Hatte jemand etwas zu mir gesagt? Meine Mutter schaute mich prüfend an, meine Oma fragend und Opa Heinrich bohrte: „Na, träumst du gerade von deinem Freund, oder hast du etwa immer noch keinen?" Mein Gesicht lief rot an und ich hoffte, dass es alle für Zornesröte hielten.

„Es ist nur das Wetter, das macht einen ja verrückt", stammelte ich. Wenigstens war das nicht ganz gelogen.

Beim Mittagessen hagelte es. Ich konnte nur daran denken, dass Gunnar bei dieser Kälte, völlig durchnässt, draußen an der Linde vielleicht schon auf mich wartete. Verzweifelt blickte ich zum Himmel. Die bleigrauen Wolken erdrückten den kleinen Ort, genau wie meine hoffnungslosen Gedanken den letzten Rest Zuversicht gerade erstickten.

Sorgfältig drapierte ich Omas Sammeltassen neben den passenden Tellern und versuchte, mir meine Wut und Traurigkeit nicht anmerken zu lassen. Der Tag war schon fast vorbei und noch immer keine Gelegenheit absehbar, Gunnar endlich zu treffen.

Die Stille vor dem Fenster ließ mich aufhorchen. Tatsächlich nichts zu hören: kein plätschernder Regen, keine trommelnden Hagelkörner und kein an die Scheiben klatschender, nasser Schnee.

„Oh, seht nur!", rief ich aus. Dicke Flocken segelten zu Boden. Der Schnee fiel so dicht, dass man das Haus gegenüber nur noch schemenhaft erkennen konnte. Eine dünne, weiße Schicht lag auf der Straße und der Fensterbank.

„Guckt euch das an, richtiger schöner Schnee und das mitten im November! Ist das nicht herrlich!" Ganz so entzückt wie ich, waren meine Eltern aber nicht. Sie sorgten sich wegen der Heimfahrt. Besonders meine Mutter hatte Bedenken, es könne auf der Straße glatt werden. Sie wäre am liebsten auf der Stelle nach Hause gefahren.

Mein Vater beruhigte sie: „Meistens ist es doch nur hier im Eichsfeld so kalt. Aber wahrscheinlich taut sowieso bald alles wieder weg und es bleibt nichts liegen. Und bei uns regnet es gewiss die ganze Zeit."

Keinen Bissen bekam ich herunter. Aber das fiel niemandem auf. Endlich wagte ich aufzustehen und aus dem Fenster zu schauen. Das

Dorf hatte sich in eine Winterlandschaft verwandelt! Dicker Schnee türmte sich auf jedem Baum und Strauch. Bis auf ein paar Dächer und Schornsteine war alles unter einer weißen Baiserhaube versunken.

Endlich hatte ich einen Vorwand, um nach draußen zu gehen!

„Darf ich raus?" Mittlerweile starrten alle staunend und fassungslos aus dem Fenster.

„Sag mal, bist du nicht ein bisschen zu groß, um noch im Schnee zu spielen? Außerdem hast du viel zu dünne Sachen an." Meine Mutter hatte nicht eine Sekunde den Blick von der winterlichen Szenerie abwenden können, während sie mit mir sprach. Wahrscheinlich war es nur die Sorge vor der Heimfahrt, die meine Mutter so barsch reagieren ließ. Jedenfalls musste ich feststellen, dass ich ein blödes Alter hatte. Um einen Schneemann zu bauen fanden mich meine Eltern zu alt. Hätte ich ihnen aber gesagt, dass ich eine Verabredung mit einem Jungen hatte, dafür wäre ich garantiert zu jung gewesen! Unerwartet kam mir mein Vater zu Hilfe.

„Ach, lass sie doch! Wer weiß, wann bei uns Schnee fällt. In der Stadt bleibt er meist nicht liegen. Wenn es ihr doch Spaß macht! Wir haben jetzt eh eine Weile mit Packen und dem Ausfüllen der Papiere zu tun. Geh so lange nur raus, Katja." Mühsam unterdrückte ich einen Freudenschrei und Luftsprung. Nur weg, bevor meine Mutter doch noch einen Einwand vorbringen konnte.

Es war schon dunkel draußen, lediglich der Schnee leuchtete und glitzerte. Mein Herz klopfte unbändig. Und das nicht nur vom Rennen durch die Verwehungen! An der Linde brauchte ich eine Weile, um zu Atem zu kommen. Da entdeckte ich die Fußspuren. War Gunnar wirklich hier? Bevor ich mich richtig umsehen konnte, traf mich ein dicker Schneeball. Er streifte nur meinen Ärmel. Trotzdem hatte ich mich erschrocken. Abrupt drehte ich mich gegen die Wurfrichtung. Und stand direkt vor Gunnar!

„Das ist dafür, dass ich den ganzen Tag im Regen und Hagel auf dich gewartet habe!"

„Hast du tatsächlich die ganze Zeit hier draußen gestanden?", stammelnd setzte ich zu einer Entschuldigung an: „Das tut mir so Leid! Ich konnte vorher nicht weg!"

Gunnar lachte laut auf: „Hast du wirklich geglaubt, ich hab hier in Regen und Kälte ausgeharrt?"

„Na, warte!" Gespielt wütend schleuderte ich einen Schneeball in seine Richtung. Geschickt wich er meinem Wurf aus.

„Dann könntest du mich jetzt als Eisklumpen auftauen. Obwohl, gar nicht so übel die Vorstellung." Gunnar lachte noch immer.

„Nein, im Ernst, ich dachte mir schon, dass du erst jetzt kommen kannst." Nun klang seine Stimme so sanft, dass mein zweiter Schneeball unverrichteter Dinge zu Boden glitt.

„Wie viel Zeit hast du? Wollen wir ein Stück zusammen laufen?" Beim Sprechen hatte Gunnar angelegentlich auf seine, im Schnee versunkenen, Schuhe gestarrt. Fürchtete er, dass ich gleich wieder gehen musste?

„Gern, meine Eltern füllen noch die Papiere aus, die wir an der Grenze brauchen, das wird ein bisschen dauern."

„Schön!" Er sah mir in die Augen. Mein Herz schlug einen kleinen Salto.

„Lass uns nach da drüben gehen, da kommen wir bald auf einen Feldweg. Dort sieht uns bestimmt keiner."

Nach wenigen Schritten legte mir Gunnar seine Jacke um die Schultern. Seinen Arm ließ er ganz selbstverständlich auch gleich dort liegen.

„Mir ist gar nicht kalt!", protestierte ich.

„Ich merke doch, wie du zitterst." Ob das an der Temperatur lag? Ich war mir da nicht so sicher!

Eine Weile genossen wir es, einfach schweigend durch den Schnee zu gehen. Und dabei die Nähe des Anderen zu spüren. Das Knirschen unter unseren Füßen war das einzige Geräusch. Dann sagte Gunnar auf einmal: „Weißt du, was lustig ist? Ausgerechnet meine Mutter ist Schuld daran, dass wir uns kennen gelernt haben!" Wie kleine weiße Wölkchen hingen seine Worte zwischen uns.

„Warum denn das?", fragte ich ungläubig.

„Nun, sie hat mich so eindringlich vor deiner ganzen Familie gewarnt, dass ich natürlich neugierig geworden bin. Von meinem Zimmerfenster aus habe ich dich schon öfter beobachtet." Er lächelte entschuldigend.

„Du kamst mir so anders vor, als die Mädchen von hier, wie aus einer anderen Welt. Nun so ..." Er suchte nach dem richtigen Wort „... exotisch! Ich wollte dich unbedingt kennen lernen!"

Normalerweise würde ich schallend lachen, wenn mich jemand als „exotisch" bezeichnet hätte. Doch in diesem Moment war mir überhaupt nicht nach Lachen zu Mute. Ich spürte nur ein aufregendes Kribbeln im Bauch.

Nach einigen schweigenden Schritten redeten wir über unverfänglichere Themen. Gunnar erzählte, dass er sich oft mit seinen Freunden traf und sie in letzter Zeit versuchten Musikstücke mit Gitarre und Schlagzeug nachzuspielen.

„Andere Instrumente besitzt keiner von uns", sagte er achselzuckend. „Manchmal denken wir uns sogar was Eigenes aus", ergänzte er nach einer Weile.

„Du hast wohl viele Freunde?" Ich bereute die Frage bevor ich sie ganz ausgesprochen hatte. Wie sollte ich die Gegenfrage beantworten? Eingestehen, dass ich im Grunde nur eine Freundin hatte? Zugeben, dass wir beide nicht zu den Beliebtesten in unserer Klasse gehörten? Wie hätte ich das erklären sollen? So richtig kannte ich den Grund selbst nicht. Lag es daran, dass ich nicht die neueste Mode in den angesagten Boutiquen kaufte? Oder weil ich schüchtern war? Etwas, das man von Claudia allerdings ganz und gar nicht sagen konnte. Wahrscheinlich stand ich mir oft nur selbst im Weg und wusste nicht, zu welcher Seite ich ausweichen sollte.

Zu meiner großen Erleichterung antwortete Gunnar schlicht: „Ja, ja ich glaub schon. Aber von uns würde ich nur meinem besten Freund Andreas erzählen."

„Von uns" - wie schön das klang!

„Ich habe auch nur Claudia von dir erzählt. Das ist meine beste Freundin." Diese Antwort verlangte nicht die Erwähnung, dass sie auch die Einzige war. Gespräche mit Gunnar waren so leicht. Ich konnte einfach ich selbst sein.

„Mit ihr gehe ich gern ins Kino oder zum Eislaufen. Musik machen wir keine." Bei dem Gedanken musste ich lachen.

„Ich bin froh, dass wir in der Schule das Thema Notenkunde jetzt durch haben. Ich kann nicht mal Flöte spielen. Aber ich höre gern Musik".

„Seit ich mir vor Kurzem endlich einen Radiorekorder kaufen konnte, höre ich auch oft Musik", berichtete Gunnar. „Ich dachte erst, ich kann mir so ein Ding nie leisten. Aber Dank der Jugendweihe letztes Jahr hab ich die siebenhundertfünfzig Mark doch zusammengekratzt."

Der hohe Preis überraschte mich. Meinen Kassettenrekorder hatte ich Weihnachten geschenkt bekommen, und nicht selbst bezahlt. Aber so viel hatte er ganz sicher nicht gekostet.

„Was ist Jugendweihe eigentlich?" erkundigte ich mich. Ich hatte davon gehört, aber keine Ahnung, was es genau bedeutete.

„Ein wunder Punkt in meinem Leben", antwortete Gunnar.

„Was bitte?", fragte ich irritiert.

„Also, wenn du es genau wissen willst, so bekennt man sich als Jugendlicher hier bei uns, meistens nach der achten Klasse, in einem feierlichen Gelöbnis zum Staat. Damit wird man sozusagen in die Reihen der Erwachsenen aufgenommen." Gunnar streifte mit seiner freien Hand Schnee von einem Holzzaun, die andere umfing mittlerweile meine Taille. Er formte einen Ball und schleuderte ihn in die Richtung eines Strommasten.

„Nicht getroffen", kommentierte er achselzuckend seinen Fehlwurf, bevor er weitersprach. „Aber eigentlich hatte ich nicht vor, das mitzumachen. Auch meine Eltern haben mich nicht gerade dazu gedrängt. Ganz anders übrigens als manche Lehrer. Da haben schon viele versucht, uns zur Jugendweihe zu überreden. Ich glaube, die hatten vom Staat die Anweisung uns zu beeinflussen. Das hätte mich ja weiter nicht beeindruckt. Aber dann hat man meinem Vater an der Arbeit Druck gemacht. Er ist Vorarbeiter in einer größeren Fabrik. Es wurde halt erwartet, dass der Sohn zur Jugendweihe geht. Indirekt hat man ihm berufliche Konsequenzen angedroht. Man deutete ihm auch an, dass es sich auf meine späteren Chancen für einen Studienplatz oder so auswirken könnte, wenn ich mich weigere." Gunnar lachte bitter.

Schweigend hatte ich seinen Ausführungen gelauscht. Es fiel mir schwer, die Bevormundung durch einen Staat zu begreifen. Völlig unvorstellbar, dass Lehrer und Arbeitgeber Einfluss auf die Entscheidung für oder gegen meine Kommunion genommen hätten. Aber dann erinnerte ich mich an die Grenzanlagen, mit denen sich die DDR umgab.

„Na ja, also hab ich dann doch die Jugendfeier, so nennt man es auch, mitgemacht!", fuhr Gunnar fort. „Da war ich so ziemlich der einzige aus dem Dorf. Das Eichsfeld ist halt nach wie vor sehr katholisch. Auch wenn das unserem Staat gar nicht gefällt. Na ja, ein Gutes hatte die Sache auf jeden Fall", er grinste. „Ich bekam ganz schön viel Geld geschenkt! Und so konnte ich mir wenigstens den Radiorekorder kaufen."

Begeistert stellten wir fest, dass wir beide das Lied „Am Fenster" von „City" kannten und sehr mochten. Dieses Lied war das erste einer DDR-Band, das bei uns im Westen mit einer Goldenen Schallplatte ausgezeichnet worden war.

Ich hatte es aufgegeben, herauszufinden, wo wir uns gerade aufhielten. Deshalb war ich überrascht, als wir wieder an der Linde ankamen.

„Es ist schon nach sieben Uhr. Meinst du, dass du jetzt zurückmusst?"

„Ja, ich fürchte es wird sogar höchste Zeit!" Schnell gab ich Gunnar die Jacke zurück. Die Kälte, die sofort in mich hineinkroch, hatte vor allem mit dem unaufhaltsam nahendem Abschied zu tun und weniger mit der eisigen Temperatur.

„Zwischen den Jahren werden wir wieder hierher kommen", sagte ich und wollte mich verabschieden.

„Wie lange es auch dauert, ich warte auf dich!", versprach Gunnar leise. Dann nahm er mich in den Arm und küsste mich! Bevor ich reagieren konnte, war er in der Dunkelheit verschwunden.

Meine Eltern hatten bereits das Auto gepackt. Zum Glück waren alle mit dem Schnee und der glatten Fahrbahn beschäftigt, so fragte mich

51

keiner, wo ich die ganze Zeit gewesen war. Nach wenigen Kilometern seufzte mein Vater: „Gott sei Dank!" Das hätte ich auch verzückt rufen können. Ich hütete mich im Beisein meiner Eltern natürlich vor solchen Bemerkungen. Mein Vater hatte aber keinen Grund dafür, weshalb ich verwundert nachfragte.

„Hast du nicht gesehen, dass der Streuwagen in dieses Dorf abgebogen ist?", antwortete er mir. Klar hatte ich das registriert. Es wäre normalerweise ein Grund für ihn, an die Seite zu fahren und zu warten, bis die Straße vor uns weiter geräumt wird. Lange konnte es sowieso nicht dauern, dieses winzige Dorf, an dem wir gerade vorbeigefahren waren, von Schnee und Eis zu befreien.

„Ach, du warst ja noch gar nicht vom Schneemann bauen oder was du sonst so gemacht hast zurück, als Alfred vorbeikam", setzte mein Vater zu einer Erklärung an. Still schickte ich ein Dankgebet für die Dunkelheit im Auto Richtung Himmel. Der bloße Gedanke an das, was ich „sonst so" gemacht hatte, bescherte mir von einer auf die andere Sekunde eine hochrote Gesichtsfarbe.

„Der Alfred Linnenweber aus der Kirchgasse sah gerade, wie wir das Auto packten. Er hat uns vor dem Streuwagen gewarnt. Ich wusste auch nicht, dass man hier statt Streusalz verdünnte Säure auf die Straßen spritzt, um Eis und Schnee zu beseitigen."

„Ist das nicht sehr schädlich für die Pflanzen und Bäume am Fahrbahnrand?" Ich hatte das Gefühl, durch eine Frage mein Interesse bekunden zu müssen.

„Nicht nur das! Vor allem für die Autos ist es schlecht. Wie sagte Alfred so schön: ,Unseren Rennpappen macht das ja nix, aber für den Hochglanzlack von Westautos is das gar nich gut!' Du weißt doch, was Rennpappen sind, Katja?"

„Sicher, Ullrich nennt Trabis doch auch immer so." Der Trabant wurde aus Mangel an Metall mit einer Kunststoffkarosserie gebaut, weshalb ihn DDR-Bürger oft liebevoll-ironisch als Rennpappen bezeichneten.

Bald verstummte die Unterhaltung, da sich mein Vater immer mehr auf die winterliche Fahrbahn konzentrieren musste. Während wir über dick verschneite Straßen Richtung Westen krochen, konnte ich endlich meinen Gedanken nachhängen. Geküsst! Er hatte mich tatsächlich geküsst! Noch immer war ich froh, dass es so dunkel im Auto war und keiner mein glückseliges Grinsen sehen konnte. Es begann wieder heftiger zu schneien und ich fühlte mich wie in einem Traum.

Der schrille Schrei meiner Mutter katapultierte mich unsanft in die Wirklichkeit zurück. Viel zu schnell näherten wir uns dem Fahrbahnrand. Dem der Gegenfahrbahn! Auf der abschüssigen und spiegelglatten Landstraße war unser Wagen ins Schleudern geraten. Mein Vater schaffte es, ihn wieder auf die Mitte der Straße zu steuern. Aber wir waren noch immer zu schnell. Viel zu schnell! Hektisch versuchte mein Vater unser Auto durch Bremsen und Gegenlenken unter Kontrolle zu bekommen. Es gelang ihm nicht!

Wie Pfeile schossen die Schneeflocken auf uns zu, es wurden immer mehr und ihre Geschwindigkeit nahm mit jedem Sekundenbruchteil zu. Hilflos mussten wir zusehen, wie wir direkt auf einen mächtigen Alleebaum zurasten. Abrupt kamen wir zum Stehen, nur wenige Zentimeter neben dem Baum! Dafür im Straßengraben. Hatten wir alle geschrien? Ich wusste es nicht. Aber die plötzliche Stille dröhnte laut in meinen Ohren. Mein Vater fand als erster die Sprache wieder: „Seid ihr verletzt?"

Ich war froh, überhaupt noch am Leben zu sein. Erst musste ich über diese Frage eine Weile nachdenken. War es nur ein böser Traum und ich wachte gleich mit klopfendem Herzen, aber erleichtert auf? Nein, mein Kopf tat definitiv an einer Stelle weh und das fühlte sich sehr real an.

Wir hatten riesiges Glück gehabt, keiner von uns war ernsthaft verletzt worden. Wie in Trance erlebte ich die nächsten Stunden. Zwei Volkspolizisten erschienen und nahmen meinen Vater mit. Er wurde endlos lang festgehalten und verhört. In dieser Zeit schneiten meine Mutter und ich im Auto völlig ein. Mehrmals waren wir dem Gespött Jugendlicher ausgesetzt. Im Nachbarort hatte eine Tanzveranstaltung stattgefunden. Einige junge Leute liefen nun über die Landstraße nach Hause.

Erst weit nach Mitternacht, wurde mein Vater zurückgebracht. Kurz darauf erschien ein ostdeutscher Abschleppwagen, der uns bis an die Grenze brachte. Unser Fahrzeug wurde dort der üblichen Kontrolle unterzogen, obwohl es ziemlich demoliert war. Ich hatte sogar das Gefühl, die Grenzer freuten sich hämisch über unser kaputtes Auto.

Hinter der Grenze transportierte ein westdeutscher Abschleppdienst unseren Wagen in eine Werkstatt. Freunde meiner Eltern, die wir natürlich aus dem Schlaf gerissen hatten, fuhren uns nach Hause. Kurz vor der Autobahnabfahrt in Kassel hörte der Regen auf und vor uns lag das Kasseler Becken. Obwohl es mitten in der Nacht war, funkelten viele Lichter in der schlafenden, schneefreien Stadt.

Als ich in den frühen Morgenstunden in mein Bett fiel, streifte mich ein letzter Gedanke: Der Schnee, der mir heute so zum Verbündeten geworden war, hatte sich heimtückisch zum ärgsten Feind gewandelt.

Dezember 1979

Weiße Kristalle bestäubten meine Hosenbeine als Claudia mit einem eleganten Schwung direkt neben mir zum Stehen kam.

„Hast du dir weh getan?", fragte sie.

Und wie! Trotzdem murmelte ich: „Nein, nein nichts passiert". Auf keinen Fall wollte ich Claudia gegenüber eingestehen, wie sehr mein Hinterteil schmerzte. Sie konnte ohnehin viel besser Schlittschuh laufen. Aber heute gelang mir gar nichts! Der harte Sturz aufs Eis markierte nur den Höhepunkt eines furchtbaren Tages.

Morgens hatten wir Post von Ullrich bekommen. Er lud uns für Ende März zu seiner Hochzeit nach Heiligenstadt ein. Meine Eltern waren erleichtert, dass sie bei der ersten Fahrt in die DDR mit unserem neuen Auto, nicht direkt an der Unfallstelle vorbei fahren mussten. Ich hatte erst gar nicht begriffen, dass wir den ganzen Tag in Heiligenstadt verbringen würden. Also etliche Kilometer von Gunnars Heimatdorf entfernt. Aber da meine Großeltern ebenfalls zur Hochzeit kommen würden, passte es prima. Fanden wenigstens meine Eltern.

Am liebsten hätte ich anschließend die Verabredung mit Claudia abgesagt. Aber ich hatte gehofft, das Schlittschuhlaufen würde mich ablenken. Genau das Gegenteil war der Fall! Die weiße Eisfläche weckte nur wehmütige Erinnerungen an einen verschneiten Novembertag. Der kalte Regenguss, der uns auf den wenigen Metern von der Straßenbahnhaltestelle am Auestadion zur Eissporthalle durchnässt hatte, ließ mich unangenehm spüren, wie viel Zeit noch vergehen musste, bis ich Gunnar irgendwann im Frühling wiedersehen könnte.

Nach meinem Sturz war ich wütend von der Eisfläche gestapft. Da Claudia mir eine Cola spendierte, konnte ich meinem ersten Impuls nicht folgen, gleich nach Hause zu fahren. Dabei wusste ich kaum, wie ich sitzen sollte. Nicht mal meine Cola konnte ich in der rechten Hand halten. Ich hatte versucht, mich damit abzustützen, nun tat sie mir höllisch weh. Deprimiert erzählte ich Claudia, dass es noch mindestens bis Mai dauern würde, bis ich Gunnar endlich wiedersehen könnte. Ich war den Tränen nahe. Wegen Gunnar, der Blamage auf der Eisfläche oder nur wegen meiner schmerzenden Kehrseite?

„Ich bin heute nicht in der Stimmung zum Eislaufen!" Heftig sprang ich auf und ließ eine völlig perplexe Claudia allein zurück.

In der Straßenbahn dachte ich an die trostlosen letzten Wochen. Die Erleichterung, dass wir den Unfall nahezu unverletzt überlebt hatten, wich bald tiefer Niedergeschlagenheit. Für einige Wochen blieben wir ohne Auto. Obwohl ich mich gut an die Zeit erinnern konnte, als wir noch gar kein Fahrzeug hatten, bedeutete es eine gewaltige Umstellung. Doch für alles gab es eine Lösung in Form von Straßenbahnen, Bussen oder den eigenen Füßen. Nur für eines nicht: die geplante Fahrt zu den Großeltern zwischen den Jahren!

Das Weihnachtsfest war in diesem Jahr eine klägliche und traurige Veranstaltung gewesen. Meine Eltern hatten wegen der Formalitäten mit Versicherungen, Banken und dem üblichen Vorweihnachtsstress wenig Zeit zum Nachdenken gehabt. Erst als es kein Entrinnen mehr vor gefühlsduseliger Musik gab und die Festtage immer näher rückten, kam für sie der Schock. Mit einem Mal wurde ihnen bewusst, dass sie diese Feiertage vielleicht ohne Tochter oder Partner hätten verbringen müssen. Und auch alle folgenden.

Pünktlich am Heiligen Abend hatte die Stimmung bei uns, aus verschiedenen Gründen, den absoluten Tiefpunkt erreicht. Bei keinem kamen festliche Gefühle auf. Ich hatte auf Silvester gehofft. Immerhin begann dann das Jahr, in dem ich Gunnar wiedersehen würde. Aber die fröhlichen Menschen, das bunte Feuerwerk und die ausgelassene Stimmung deprimierten mich eher noch mehr.

Selbst meine Schulnoten wurden schlechter. Ich konnte mich im Moment kaum konzentrieren und schon gar nicht auf Chemie oder Mathe. Immer wieder mogelte sich Gunnars Gesicht in meine Gedanken. Aber bald fürchtete ich, dass ich gar nicht mehr wissen würde, wie er aussieht bis wir uns das nächste Mal treffen könnten. Bis dahin hätten wir uns ein halbes Jahr nicht mehr gesehen.

An manchen Tagen kam ich fast um vor Sehnsucht. Ich schlief mit dem Gedanken an Gunnar ein. Wachte auf und hatte sein Gesicht vor

Augen. Bevor ich noch bemerkte, ob es draußen schon hell war, welcher Wochentag gerade anbrach oder ob wir heute eine Englischarbeit schreiben würden. Und wunderte mich, warum ich nicht auch die ganze Nacht von ihm geträumt hatte. Oft strich ich zart über Gunnars Stein auf meinem Nachtschränkchen. Eine Geste, die mich bald nur noch trauriger werden ließ, statt zu trösten.

Zu Hause angekommen, stellte ich meine Schlittschuhe gleich ins Kellerregal. Dort entdeckte ich den Schmetterling. Auf der Suche nach einem Winterquartier hatte sich das Tagpfauenauge hinter der Kartoffelkiste in einem alten Spinnennetz verfangen. Die einst farbenprächtigen Flügel waren verblichen und ausgefranst. Genau so fühlte ich mich auch! Ich hing hoffnungslos in einem zähen Netz aus nicht verrinnender Zeit, und wurde immer blasser und kraftloser.

März 1980

Vor dem großen schmucklosen Kulturhaus in Heiligenstadt befanden sich schon viele festlich gekleidete Menschen, als wir dort eintrafen. Meine Eltern hatten sich entschlossen, erst nach dem Gottesdienst, zur Hochzeitsfeier zu erscheinen. Es war immer schwer zu kalkulieren, wie lang die Grenzabfertigung dauern würde. So war mir heute der Anblick eines glücklichen Brautpaares vor dem Altar erspart geblieben.

Trotzdem hatte ich während der Fahrt kaum ein Wort gesagt. Meinen Eltern fiel das aber nicht weiter auf. Im Gegenteil sie gewöhnten sich langsam daran. Die letzten Wochen war ich wohl recht unleidlich gewesen, schweigsam und mürrisch. Hin und wieder hatte ich meine Eltern von „Pubertät" reden gehört und Bemerkungen wie „da muss man halt jetzt durch" aufgeschnappt. Sollten sie glauben, was sie wollten, so brauchte ich wenigstens nichts zu erklären.

Mit großem Hallo wurden wir begrüßt. Auch meine Großeltern waren schon da. Die Gratulationen und das Fotografieren schienen kein Ende zu nehmen. Aber schließlich begaben sich doch alle in den großen Festsaal. Dort hatten wir Plätze im hinteren Teil des Raumes, direkt am Fenster. Ich saß zwischen meinen Eltern und Großeltern. Beim Hineingehen hatte es die am Eingang hängende Speisekarte doch geschafft, mir ein Lächeln abzuringen. So gab es tatsächlich Gerichte für nur zwei Mark und dreißig Pfennige, wie beispielsweise verschiedene Toasts oder Kasseler mit Salat. Ich suchte natürlich auch das teuerste Gericht und fand ein Wiener Schnitzel mit Salatteller und Bratkartoffeln für gut vier Mark!

Ansonsten hatte ich wenig Grund zur Freude. Unter der großen Hochzeitsgesellschaft befanden sich nur wenige Kinder. Die Freunde des Brautpaares, die schon Nachwuchs hatten, schoben diesen meist noch im Kinderwagen vor sich her. Ich konnte nur zwei ungefähr zwölfjährige Jungen entdecken. Diese waren aber überwiegend damit beschäftigt, sich ihre neuen Anzüge, in die man sie fatalerweise gesteckt hatte, beim Fußballspielen zu ruinieren.

Ich war mir aber auch nicht sicher, ob ich heute überhaupt Lust auf Kontakte mit Gleichaltrigen gehabt hätte. Eigentlich war es mir ganz recht, allein vor mich hinzuschmollen. Das Mittagessen lenkte mich nur kurz von meinen trüben Gedanken ab. Während des Essens unterhielten sich die Erwachsenen an unserem Tisch ausschließlich über unseren Unfall. Es war ja das erste Mal, dass wir die Großeltern danach wieder sahen. Bis jetzt hatten sie nur durch Briefe davon erfahren.

Der Unfall erinnerte mich natürlich unweigerlich an Gunnar. An diesem Tag hatten wir uns das letzte Mal gesehen. Und geküsst! Vor allem fragte ich mich wohl zum tausendsten Mal, ob Gunnar auch von dem Unfall wusste. Gab es Nachbarn, die sowohl mit meinen Großeltern als auch mit seinen Eltern oder seiner Großmutter sprachen? Oder war der Streit so allgegenwärtig, dass sich keiner wagte, mit der einen Familie über die Belange der anderen zu reden? Und selbst wenn es jemand von Brenders oder Frau Schuster erfahren hätte, wäre dieser auf die Idee gekommen, Gunnar davon zu erzählen? Es konnte niemand wissen, dass er daran interessiert war. Und wenn es jemand ahnte, wäre es vielleicht gerade ein Grund, ihm nichts zu sagen. Ihn somit im Ungewissen zu lassen, warum wir im Dezember nicht gekommen waren.

Es zermürbte mich, dass mir meine Fragen keiner beantworten konnte. Sie drehten sich wie Kreisel in meinem Kopf, dass es mir schon ganz schummrig davon wurde. Je länger ich darüber nachdachte, umso wütender wurde ich auf Ullrich und Karin. Warum mussten sie auch heiraten? Dann wäre heute vielleicht einer dieser ganz normalen Besuchssamstage gewesen. Dann hätte ich Gunnar endlich wiedergesehen!

Zum Nachtisch war der Unfall von allen Seiten beleuchtet, erörtert und breitgetreten worden. Nun drehten sich die Gespräche vor allem um unser neues Auto. Besonders Opa Heinrich war sehr an technischen Details interessiert. Nach dem Essen wollten sich meine Eltern und Großeltern ein wenig die Beine vertreten. In Ermangelung an echten Alternativen schloss ich mich an. Die Sonne schien warm vom blauen Himmel, ganz zartes erstes Grün zeigte sich hier und da. Es wurde Frühling! Langsam fühlte ich mich besser. Wenn ich die langen Wintermonate überlebt hatte ohne Gunnar zu sehen, würde ich diese letzten Wochen bis zum nächsten Treffen auch überstehen.

Ich hatte mich den Erwachsenen auch mit dem Hintergedanken angeschlossen, zu erfahren, wann wir die Großeltern das nächste Mal besuchen würden. Um das Gespräch in diese Richtung zu lenken, fragte ich, wie weit es von Heiligenstadt bis zu ihrem Dorf war.

„Nun", mein Opa überlegte einen Moment bevor er weitersprach. „Über die Landstraße müssten es so fünfzehn Kilometer sein." Versonnen blickte er über den Rand seiner Brille zu den dunklen, noch kahlen Bäumen hinüber.

„Aber wenn du zu uns von hier aus wandern möchtest, da gibt es einen Weg durch den Wald. Der kürzt ungefähr fünf Kilometer ab. Früher, als junger Mann, da bin ich öfter nach Heiligenstadt gelaufen." Nachdenklich strich er sich eine weiße Haarsträhne aus der Stirn.

Nur zehn Kilometer quer durch den Wald! So nah war ich Gunnar und doch blieb er heute unerreichbar fern. Denn ich widerstand der Versuchung, einfach loszulaufen. Wahrscheinlich hätte ich mich fürchterlich verirrt. Und auf den dünnen Sohlen meiner Riemchensandalen wäre ich ohnehin nicht weit gekommen.

Allerdings kamen wir auch jetzt nicht sehr weit. Oma hatte auf einmal Probleme mit dem Luftholen und musste sich hinsetzen. Als es nach einer Weile besser wurde, konnte sie, untergehakt von meinen Eltern, nur ganz langsam zurückgehen.

So trafen wir gerade pünktlich zum Nachmittagskaffee wieder im Kulturhaus ein. Die etwas bessere Laune, die mir der Sonnenschein beschert hatte, war im Festsaal wie weggeblasen. Ich verbarrikadierte mich hinter meinem üblichen mürrischen Blick. Zum Glück kam keiner auf die Idee, mich in meinen düsteren Überlegungen zu stören.

Der Nachmittag und der frühe Abend zogen sich endlos und langweilig dahin. Immer mehr versank ich in trübsinnigen Gedanken. Nach dem Abendessen kam eine dreiköpfige Musikgruppe, die nicht nur Tanzmusik spielte, sondern die Hochzeitsgäste auch zu allerlei neckischen Spielchen aufforderte. Jetzt bemühte ich mich, noch kleiner und unsichtbarer zu werden. Für den Fall, dass mich doch jemand bemerken sollte, setzte ich meinen finstersten Blick auf.

Alle anderen schienen sich aber prächtig zu amüsieren. Auch meine Eltern tanzten begeistert und ließen sich zum Mitmachen von diversen Späßen animieren. Sie waren wild entschlossen, sich zu vergnügen und hatten es endgültig aufgegeben, ihre pubertierende Tochter aufzuheitern. Die wenigen Versuche, die sie unternommen hatten, waren im Lauf des Tages schon kläglich an meiner Laune zerschellt.

Bald saß ich ganz allein im hinteren Teil des Saales. Ich hätte ja gleich mein Strickzeug mitnehmen können, ging es mir gerade durch den Kopf. Da nahm ich ein Geräusch wahr. Ein leises „Plopp" war an der Scheibe zu hören. Dann noch einmal, aber jetzt klang es lauter. Erst dachte ich, es sei ein Nachtfalter, der verzweifelt versuchte durch die Scheibe zum Licht zu gelangen. Mittlerweile war es draußen schon stockdunkel und das warme Wetter tagsüber hatte sicherlich einige Insekten aus dem Winterschlaf geweckt.

Als das Geräusch beim dritten Mal noch lauter wurde, drehte ich mich neugierig um. Klang es nicht eher wie Klopfen? Tatsächlich, vor dem Fenster war eine menschliche Gestalt schemenhaft zu erkennen. Bestimmt Jugendliche, die angelockt von Musik und Festbeleuchtung nach einer Gelegenheit suchten, die Gäste zu ärgern. Ich beschloss, dass es wohl das Beste wäre, die Witzbolde einfach zu ignorieren. Aber das Klopfen wurde aufdringlicher. Konnte es wahr sein? Ungläubig sah ich genauer hin. Das Gesicht war jetzt so dicht an der Scheibe, dass man es besser erkennen konnte ... Gunnar! Gunnar stand vor dem Fenster!

Gut, dass gerade niemand neben mir saß und meine Aufregung bemerkte. Fast wäre der Stuhl umgefallen, so heftig sprang ich auf. Sollte ich erst Bescheid sagen, dass ich jetzt nach draußen ging? Nein, besser gar nicht unnötig an meine Existenz erinnern. Bisher hatte mich ja auch keiner beachtet, warum sollte sich das jetzt ändern?

Draußen umfing mich augenblicklich völlige Dunkelheit und Gunnar! Ganz selbstverständlich fielen wir uns in die Arme und verharrten so minutenlang.

„Wie kommst du denn hierher?" Irgendwann löste ich mich doch neugierig ein wenig aus seiner Umarmung.

„Mit dem Fahrrad!"

„Du bist die ganzen zehn Kilometer mit dem Fahrrad durch den Wald gefahren?"

„Nein, ich habe den etwas längeren Weg über die Landstraße genommen. Bei dieser Dunkelheit hätte ich mich noch verfahren."

„Aber woher wusstest du, wo und wann die Feier stattfindet?"

„Na, das war sogar in der Zeitung zu lesen, in der Heiratsanzeige!"

„Was denken denn deine Eltern, wo du jetzt bist?", erkundigte ich mich, schließlich war es schon sehr spät.

„Dass ich im Bett liege, hoffe ich wenigsten. Glücklicherweise sind sie heute bei Freunden eingeladen. Da bleiben sie immer lang weg. Falls sie doch mal früher kommen und tatsächlich nach mir sehen sollten, was ich nicht einmal glaube, dafür habe ich Vorkehrungen getroffen. Ich habe unter mein Bettzeug eine Decke gestopft und alles so hingelegt, dass es aussieht, als ob jemand drin liegt. Jedenfalls wenn es dunkel ist und ich denke doch nicht, dass sie mitten in der Nacht das Licht anknipsen. Ja, und dann habe ich im Erdgeschoss ein Fenster nur zugeklemmt aber nicht verriegelt, da hoffe ich wieder reinklettern zu können."

„Das heißt, du willst heute Nacht im Stockfinsteren mit dem Fahrrad nach Hause fahren?" Eine Vorstellung, die mir gar nicht gefiel.

„Na klar, sonst vermissen sie mich morgen wirklich! Und hältst du es für eine gute Idee hier im Gebüsch zu übernachten?"

Wir waren mittlerweile Arm in Arm um den vorderen Teil des Gebäudes geschlendert. Nun standen wir in der Nähe eines großen hell erleuchteten Fensters. So konnte ich den leicht spöttischen Ausdruck in Gunnars Augen erkennen. Insgeheim musste ich zugeben, dass ich niemals den Mut aufgebracht hätte, etwas Vergleichbares zu tun. Das musste ich ja nicht laut sagen.

Was ich aber endlich fragen konnte, war, ob er von dem Unfall gewusst hatte.

„Hast du eine Ahnung, aus was für einem kleinen Dorf ich komme und wie schnell sich solche Nachrichten herumsprechen?", antwortete er. „Natürlich hab ich es erfahren. Deshalb musste ich dich auch heute unbedingt sehen. Darüber, dass euer Auto wohl hin war, gab es wenig Zweifel. Außerdem kannte jemand den Fahrer des Abschleppwagens. Aber die Gerüchte gingen weit auseinander, ob ihr verletzt wurdet oder nicht." Er sah mich prüfend an.

„Ich hab mir solche Sorgen um dich gemacht!", flüsterte Gunnar.

„Das war nicht nötig. Uns ist allen so gut wie nichts passiert. Ich hatte nur eine winzige Beule. Hier oben an der Stirn." Unwillkürlich zeigte ich dorthin, wo sich die einzige Blessur nach dem Unfall befunden hatte.

„Aber die ist längst weg", fügte ich hinzu. Sanft küsste Gunnar die Stelle. Ich war sicher, dass danach selbst die größte Beule sofort verschwunden wäre. Für einen Sekundenbruchteil bedauerte ich, nicht mehr Verletzungen davongetragen zu haben.

„Ich mag gar nicht daran denken, dass du heute Nacht noch so weit auf der dunklen Landstraße mit dem Fahrrad fahren musst!"

„Schmuggel mich doch einfach mit nach drüben!", Gunnar grinste. „Dann brauche ich mein Rad nicht mehr."

„Das ist ja wohl nicht dein Ernst!", erwiderte ich, obwohl diese Möglichkeit tatsächlich einiges für sich hatte.

„Kannst du dir vorstellen, wie wir und vor allem unser Auto gleich kontrolliert werden? Du könntest dich nicht einmal im Tank oder unter dem Reserverad verstecken. Von bequemeren Möglichkeiten, wie dem Kofferraum ganz zu schweigen!"

„Klar, das hab ich natürlich auch schon gehört", musste Gunnar zugeben. „Trotzdem, manch einer hat die Grenzer mit einem doppelten Boden unter den Rücksitzen oder ähnlichem überlistet. Aber es ist mir ohnehin noch ein bisschen zu früh. Bevor ich rübermache würde ich gern die Schule beenden. Wenn man volljährig ist, hat man es drüben bestimmt leichter mit einem Neuanfang!"

Das hörte sich an, als hätte er längst alles für eine Flucht geplant.

„Warum willst du denn in den Westen rüber?" Eine etwas dämliche Frage, aber ich war von seinen Äußerungen viel zu überrascht, um etwas Vernünftiges zu sagen.

„Na, zum Beispiel, weil du dort wohnst", antwortete er verschmitzt grinsend. „Aber es gibt auch andere Gründe. Ich fühle mich hier eingesperrt und bevormundet. Wusstest du, dass man es melden muss, wenn man „West-Kontakte" hatte. Das hieße, eigentlich müsste ich morgen im Hausbuch eintragen, dass ich dich heute getroffen habe. Nicht nur in Hotels, in jedem Haus müssen solche Bücher geführt werden. In Häusern mit mehreren Wohnungen gibt es sogar einen Hausbuchbeauftragten. Und wehe, man trägt seine „West-Kontakte" nicht innerhalb von vierundzwanzig Stunden dort ein! Diese Bücher können jederzeit von der Polizei oder dem Kreisamt kontrolliert werden. Findest du das normal?", fragte er heftig.

Nein, fand ich nicht. Ich musste zugeben, dass ich das vorher gar nicht gewusst hatte.

„Siehst du, du hast überhaupt keine Ahnung, was hier los ist!" Gunnars Stimme klang vorwurfsvoll. Für den Alltag in der DDR hatte ich mich bisher sehr wenig interessiert, das wurde mir allmählich bewusst. Aber zumindest wusste ich, im Gegensatz zu vielen anderen Kindern, dass Deutschland geteilt war. Ich erinnerte mich noch gut an einen für mich recht peinlichen Vorfall auf dem Schulhof. Damals musste ich in der dritten Klasse gewesen sein. Zu der Zeit gab es den kleinen Grenzverkehr noch nicht. So fuhren wir in den Sommerferien mit dem Zug für ein paar Tage zu den Großeltern.

Kurz vor Ferienbeginn unterhielten sich einige Klassenkameraden in der Pause über den bevorstehenden Urlaub. Einer fuhr an die Nordsee, andere nach Italien oder Jugoslawien. Als die Reihe an mir war, erzählte ich, dass wir in die DDR reisen würden. Ungläubige Gesichter. Schließlich fragte einer: „DDR, was ist denn das?"

„Na, das andere Deutschland", erklärte ich, ganz stolz, offensichtlich mehr zu wissen als die Übrigen. Erst Stille, dann schallendes Gelächter. In diesem Moment ertönte der Gong, der zur nächsten Unterrichtsstunde rief. Laut lachend und mit Bemerkungen wie: „Die spinnt ja!"

trabten meine Klassenkameraden Richtung Schulgebäude. Hilflos und völlig ausgegrenzt stand ich auf dem Schulhof. Wütend rief ich ihnen nach: „Ihr könnt ja eure Eltern fragen!" Ich hatte keine Ahnung, ob das jemand getan hat.

Aber reichte es, zu wissen, dass die DDR existierte? Meine Großeltern nahmen alles so hin, wie es gerade kam und beklagten sich selten. Außerdem waren sie durch ihr Gemüse aus dem Garten und die Hühner nicht so sehr wie andere auf die, meist eher kargen, Angebote in den Geschäften angewiesen. Die Besuche von Verwandten und Freunden hatten mich ja auch immer nur gelangweilt und wenn sie über Sorgen und Probleme redeten, hatte ich selten zugehört. Jetzt meldete sich überdeutlich mein schlechtes Gewissen, schließlich war es Gunnars Alltag! Schmerzlich wurden mir meine Versäumnisse bewusst. Ich beschloss in Zukunft besser aufzupassen, wenn es um die Probleme in Ostdeutschland ging. Aber Gunnar sprach bereits weiter, jetzt wieder mit seiner gewohnt freundlichen Stimme.

„Außerdem würde ich gern mal verreisen. Und das nicht nur in unsere sozialistischen Bruderstaaten wie nach Rumänien oder so. Ich bin sogar überzeugt, wenn man es dürfte: die meisten kämen wieder zurück zum Arbeitsplatz, zur Familie, in unsere, hier jedenfalls sehr schöne Umgebung. Aber vorgeschrieben zu bekommen, wo man hin darf, und wo überall nicht, mit wem man reden darf, und mit wem man sich besser nicht treffen sollte, ärgert mich immer mehr!"

Ich erinnerte mich, dass meine Oma erzählt hatte, wie sie am Wahltag, kurz vor Schließung des Wahlraumes, durch den Dorfpolizisten aufgefordert wurde, zur Stimmabgabe zu gehen. Wenn das keine Bevormundung war, was dann? Aber solche Geschichten hatten mich bis jetzt nicht wirklich aufhorchen lassen! Allerdings hatte ich mir durchaus einige Vergünstigungen gemerkt. So wusste ich beispielsweise, dass es nahezu keine Arbeitslosigkeit in der DDR gab und die Preise für Mieten und Grundnahrungsmittel sehr niedrig waren.

Außerdem war mir der Haushaltstag im Gedächtnis geblieben. Diesen bekam jede berufstätige Mutter einmal im Monat. Es arbeiteten ja fast alle Frauen in der DDR, die Kinder hatten. Vielleicht hatte ich mir das aber auch nur so gut gemerkt, weil ich, als ich das erste Mal davon hörte, an Claudias Mutter denken musste. Ein Tag pro Monat zum Aufräumen hätte ihrem immer leicht chaotischen Haushalt auch ganz gut getan.

Bevor ich weiter darüber nachdenken konnte, fuhr Gunnar fort: „Besonders schlimm ist es, seit ich dich kenne! Wenn ich könnte, ich würde glatt bis Kassel fahren. Auch nachts und mit dem Fahrrad!" Immer lauter hatte er gesprochen.

„Aber ich käme halt nur bis an die Grenze", flüstere er nun und umarmte mich verzweifelt.

„Und wie stellst du dir das mit dem Rüberkommen vor?", griff ich seinen ursprünglichen, beunruhigenden Gedanken wieder auf.

„Das überleg ich mir noch in Ruhe. Aber es haben ja genug geschafft! Hast du von den Familien im Heißluftballon gehört?", fragte Gunnar.

„Ich hab's im Fernsehen verfolgt. Weißt du, dass der erste Versuch gescheitert ist? Das hätte leicht schief gehen können", gab ich zu bedenken.

„Natürlich hätte es das, aber es hat ja geklappt!", verteidigte Gunnar seine Idee.

Wir redeten über die zwei Familien, die im letzten September für großes Aufsehen gesorgt hatten, als sie zusammen mit ihren jeweils zwei Söhnen aus der DDR flohen. Dafür hatten sie sich selbst einen Heißluftballon aus unzähligen, kleinen Stoffstücken zusammengenäht. Auf einer winzigen Plattform war ihnen, allerdings erst beim zweiten Versuch, die Flucht in den Westen gelungen.

Ich wunderte mich darüber, dass man in der DDR davon wusste. Auf meine vorsichtige Frage in diese Richtung antwortete Gunnar: „Wir kriegen doch auch West-Fernsehen. Schließlich wohnen wir ja nicht im Tal der Ahnungslosen, wie die Dresdner. Dort kann man keinen Sender aus dem Westen empfangen. Funkschatten! Aber hier so kurz hinter der Grenze, klar, da können wir die Programme von euch alle sehen."

„Ich dachte das sei verboten."

Gunnar lachte laut: „Aber sicher ist das und vieles andere verboten. Aber ganz so schlimm, dass abends Leute von der Staatssicherheit ins Wohnzimmer kommen und nachsehen, welche Sendung man angeschaltet hat, ist es doch noch nicht. Obwohl …", fügte er mit einem Lachen hinzu, dem jegliche Heiterkeit fehlte „Der Stasi würde man selbst das zutrauen. Irgendwoher muss der Name ‚VEB Horch und Guck' ja kommen." Auf meinen verständnislosen Gesichtsausdruck hin erklärte Gunnar: „So nennen manche hier die Leute von der Stasi. Aber dass VEB Volkseigener Betrieb heißt, weißt du wenigstens, oder?"

„Na sicher weiß ich das. Ich bin ja nicht blöd!", gab ich zurück.

„Ich glaube fast, du willst nicht, dass ich rüberkomme!" Herausfordernd sah Gunnar mich an.

„Nein, so ist es nicht. Aber ich kenne die Grenzanlagen nur zu gut." Mehr konnte ich nicht sagen. Allein die Vorstellung: Gunnar nachts allein zwischen Minenfeld und Selbstschussanlagen machte mich ganz krank vor Sorge. Meine Stimme kam einfach nicht mehr ungehindert an dem Kloß in meiner Kehle vorbei. Der Gedanke, dass Gunnar sich in Lebensgefahr bringen könnte, war schwerer zu ertragen, als eine lange Trennung.

Auch Gunnar wurde schweigsamer, nachdem er so forsch von seinen Plänen gesprochen hatte. Unumstößlich wäre es für ihn ein Weg ohne Wiederkehr gewesen, sollte ihm die Flucht gelingen. Und an einen anderen Ausgang wollte ich nicht einmal denken!

Im Gegensatz zu meinem Vater hätte er Familie und Freunde nie wieder besuchen können. In 1972 hatte man alle Personen, die bis zum Jahr davor aus der DDR geflohen waren aus ihrer DDR-Staatsbürgerschaft entlassen. Das war eine Voraussetzung für das Transitabkommen zwischen den beiden deutschen Staaten gewesen. Dank dieser Regelung galt mein Vater nicht als Republikflüchtling und durfte deshalb seine Verwandtschaft wieder besuchen. Darauf hätte Gunnar nie hoffen dürfen.

„Da haben wir so wenig Zeit", Gunnar flüsterte die Worte fast, nachdem er vorher so heftig gesprochen hatte. „… und dann streiten wir uns auch noch in diesen Momenten, die dann wieder für Wochen reichen müssen. Eigentlich ist doch jedes Zusammensein mit dir auch gleichzeitig ein Abschied. Und ich weiß nie so genau, wann du wieder kommen kannst. Das macht mich ganz wahnsinnig und wütend!"

Eng umschlungen hingen wir einige Zeit unseren düsteren Gedanken nach. Eine Ansage unterbrach das monotone Stimmengewirr und Tanzmusikgedudel aus dem Festsaal.

„Und nun freuen wir uns, der Braut einen ganz besonderen Wunsch zu erfüllen. Lange haben wir geübt. Aber jetzt klappt es endlich einwandfrei! Meine Damen und Herren, hören Sie „Am Fenster". Nicht von „City", aber bestimmt genauso gut!"

Der laute Applaus und die Musik waren auch draußen, vor dem Fenster, zu hören. Sie gaben sich redlich Mühe. Wahrscheinlich hätte auch „City" durch Wände und Scheiben nicht wie gewohnt geklungen. Der ersten Strophe lauschten wir andächtig. *„Einmal wissen, dieses bleibt für immer ..."* Doch plötzlich verbeugte sich Gunnar und forderte mich, wie ein Edelmann in einem alten Film, zum Tanz auf.

Die ganze Welt war ausgeschaltet. Es gab nur uns und die Musik. Keine andere Melodie hätte unsere Liebe und Verzweiflung besser widerspiegeln können! Aber selbst das längste Lied geht zu Ende und so erlosch auch „Am Fenster" in einem tosenden Applaus, der gedämpft zu uns nach draußen drang. Es kam mir so vor als sei ich aus einem wunderschönen Traum erwacht. Noch hatte ich Probleme, wieder in die Wirklichkeit und auf den Boden zurückzukehren.

„Du, Katja ... ich möchte dir was sagen ..." Gunnar zögerte und sah mir in die Augen. Es wurde mir so schwindelig, als hätten wir uns eben beim Tanzen zu schnell gedreht.

„Katja, Katja!" Ärgerlich in die Nacht gerufen, klang mein Name ganz anders.

„Schnell, du musst gehen, mein Vater sucht mich!" Entsetzt drehte ich mich um, um abzuschätzen, wie viel Zeit wir hatten, bis mein Vater uns erkennen könnte.

„Katja? Bist du hier draußen?" Die Stimme kam näher und wurde lauter.

„Hier bin ich." Was blieb mir anderes übrig, als zu antworten? Aber noch immer hielt Gunnar meine Hand.

„Ich liebe dich!" Er hatte es nur gehaucht und ehe ich etwas sagen konnte, war er verschwunden. Gerade rechtzeitig!

„Kannst du mir verraten, was du hier draußen in der Dunkelheit so allein treibst?" Gott sei Dank, mein Vater hatte Gunnar nicht bemerkt. Er war zornig und ließ mir keine Gelegenheit zum Antworten.

„Erst sitzt du drin nur mit bösem Blick in der Ecke, dass die Leute schon fragen, ob wir uns gezankt haben. Und dann verschwindest du ohne ein Wort! Wir haben schon im ganzen Gebäude nach dir gesucht. Hast du eine Ahnung, wie spät es ist? Wenn wir nicht schleunigst zur Grenze fahren, kommen wir nicht mehr rechtzeitig. Kannst du dir den Ärger vorstellen, den du uns dann eingebrockt hast?"

Mein Vater hatte mir zwar viele Fragen gestellt, aber ich glaube, er erwartete keine Erwiderung von mir. Außerdem waren wir wohl tatsächlich etwas spät dran. Nach seiner Schimpftirade hatte er sich umgedreht und war davongestapft. Ich bemühte mich, mit ihm Schritt zu halten, und versuchte dabei hastig, meine Frisur und Kleidung zu richten. Wenn ich jetzt noch das selige Grinsen und rot erhitzte Gesicht in ein Entschuldigungslächeln und Schamröte verwandeln könnte! Dann bestand die berechtigte Hoffnung, dass nicht nur mein Vater in der Dunkelheit, sondern auch meine Mutter im Neonlicht nichts bemerkte.

Im Saal wurden wir mit „Wo war Katja denn?", „Da ist sie ja!" und ähnlichen Rufen empfangen. Das war mir mindestens so peinlich wie meinen Eltern. Wir hatten kaum Zeit zum Antworten und meine Mutter betrachtete mich deshalb nicht näher. Mein Glück und meine Liebe musste man mir einfach ansehen!

Nicht mal die Großeltern konnten wir wie versprochen nach Hause bringen. Dann hätten wir niemals vor Mitternacht die Grenze erreicht. Glücklicherweise bot sich jemand an, Oma und Opa zu fahren.

Damit war es aber noch nicht überstanden. Im Gegenteil! Während der Fahrt schimpfte mich meine Mutter für mein unhöfliches Verhalten den ganzen Tag über aus. Sie fragte mich auch wieder, was ich draußen so lange gemacht hätte. Ein Vorteil der Moralpredigt war, dass ich mir eine Ausrede hatte überlegen können.

„Im Saal war nach dem Essen so eine schlechte Luft und vor allem so viel Zigarettenrauch. Meine Augen haben schon gebrannt und Kopfschmerzen hatte ich auch ziemlich schlimme. Ich bin nur mal um das Gebäude gelaufen. An der frischen Luft ging es mir gleich wieder besser. Und Bescheid hab ich nicht gesagt, weil ihr gerade bei so einem Spiel mitgemacht habt, da wollte ich nicht stören."

Sie hatten wirklich nicht mitbekommen, wie lange ich eigentlich draußen gewesen war. In der Zeit hätte ich wahrscheinlich fünfzig Mal um das Gebäude laufen können.

„Trotzdem hättest du deinen Großeltern Bescheid sagen können. Weißt du, wie unangenehm es für uns war, als auch noch einige Gäste mithalfen, nach dir zu suchen? Die ganze schöne Feier haben wir gestört. Und hast du vielleicht mal daran gedacht, dass wir uns um dich Sorgen machen könnten?" Meine Mutter drehte sich zu mir um und bedachte mich mit einem ärgerlichen Blick.

„Außerdem wollte ich mit unserem nagelneuen Auto vorsichtig über diese schmalen und dunklen Landstraßen fahren", schaltete sich auch noch mein Vater ein. „Nun bin ich gezwungen, viel zu schnell zu rasen, um noch pünktlich zur Grenze zu kommen!" Er holte tief Luft. „Aber ich glaube, wir erreichen sie gerade noch rechtzeitig." Im Gegensatz zu meiner Mutter konnte mir mein Vater nie lange böse sein.

Glück gehabt! Ja, Glück hatte ich heute wirklich. Nie hätte ich heute Morgen geglaubt, einen so schönen Tag vor mir zu haben! Wir hatten getanzt. Wir hatten tatsächlich zusammen getanzt! Von den eigenen Armen fest umschlungen, erinnerte ich mich an jeden Moment mit Gunnar. *„Einmal wissen dieses bleibt für immer …"*
Die grell erleuchtete Grenze riss mich aus meinen Träumen.

Wir schafften es gerade, eine halbe Stunde vor Mitternacht das erste Kontrollhäuschen zu erreichen. Der Nachteil war aber, dass wir auch fast die Einzigen waren, die so spät noch aus der DDR ausreisen wollten. Vor uns stand genau ein Auto an der Zollabfertigung. Sonst war kein weiterer Wagen aus dem Westen zu entdecken. Also würde man sehr viel Zeit für uns haben! Als dieses eine Auto weiterfuhr, hatte mein Vater den Eindruck, der Grenzoffizier mache ihm ein Zeichen. Vage hatte er in unsere Richtung gedeutet.

„Soll ich nun fahren?", fragte mein Vater mehr sich selbst. Beides konnte falsch sein, sowohl das Fahren, als auch das Stehenbleiben. Wir hielten nämlich genau vor dem Schild mit der Aufschrift: „Weiterfahrt nur nach Aufforderung". War das eben eine Aufforderung, oder nicht? Da der Grenzer noch einmal in unsere Richtung schaute, ging mein Vater davon aus, er sieht nach, wo wir bleiben und fuhr los.

Er hatte die Scheibe noch nicht ganz nach unten gekurbelt, da wurde er schon von dem Grenzer angeblafft.

„Hab ich Sie aufgefordert zu kommen?"

Unsicher setzte mein Vater zu einer Antwort an: „Ich dachte ..."

„Sie sollen nicht denken, Sie sollen auf meine Aufforderung warten. Fahren Sie unverzüglich zurück und bleiben Sie dort, bis Sie an der Reihe sind!" Was blieb uns anderes übrig, als genau das zu tun?

„Das fängt ja gut an", stöhnte mein Vater fast lautlos und ohne die Lippen zu bewegen. Im Rückwärtsgang fuhr er bis vor das besagte Schild.

Ein paar Minuten, uns kam es wie Stunden vor, stand der Grenzoffizier, mit hinter dem Rücken verschränkten Armen, auf seinem Posten. In dieser Zeit wagten wir nicht, uns zu regen oder zu sprechen. Wir fühlten uns ausgeliefert. Angewiesen auf die Gunst oder Missgunst dieses einen Grenzers! Endlich winkte er uns mit einer übertriebenen Geste heran.

„Geht doch", sagte er so leise, dass sein Kollege ihn nicht verstehen konnte. Nach diesem Einstand ahnten wir, dass wir heute eine besonders gründliche Kontrolle zu erwarten hatten. Zuerst mussten wir aussteigen, während der Grenzoffizier die von uns ausgefüllten Papiere und die Ausweise überprüfte. Peinlich genau kontrollierte er, ob auf allen Dokumenten die gleichen Namen und Daten zu lesen waren und ob unser Auto das notierte Nummernschild trug. Dann prüfte er, ob die „Reisegebrauchsgegenstände zur vorübergehenden Einfuhr" alle noch im Kofferraum waren. Diese so kompliziert benannten Dinge waren heute schlicht und ergreifend unser Fotoapparat und die vorsichtshalber mitgenommenen Ersatzfilme. Also alles, was man zwar mit in die DDR nahm, aber anschließend wieder mit nach Hause brachte.

Der Grenzoffizier fragte misstrauisch: „So viel fotografiert heute?"

„Ja, wir waren auf einer Hochzeit", antwortete mein Vater in einem versöhnlichen Ton. Der Grenzer schien ein wenig ärgerlich darüber zu sein, dass wir heute sonst überhaupt nichts dabei hatten. Das schreckte ihn aber nicht davon ab, fest entschlossen weiter zu suchen, immer in der Hoffnung, doch etwas Verbotenes zu entdecken. Gerade schoss mir Gunnars Vorschlag, ihn mit rüber zu schmuggeln durch den Kopf. Hätten wir das versucht, wären wir bereits alle auf dem Weg ins Gefängnis! Allein dieser Gedanke ließ meine Wangen glühen.

Nachdem der Kofferraum und alle seine Nebenfächer für Warndreieck, Verbandskasten und Reserverad penibel kontrolliert worden war, holte der Grenzoffizier einen beleuchteten Spiegel. Dieser war an einem langen Stab befestigt und hatte Rollen, so konnte er die gesamte Wagenunterfläche auf ... ja, auf was um Gottes Willen, absuchen. Kam wirklich jemand auf die Idee, sich unter ein Auto zu klammern und so aus der DDR herausschleusen zu lassen? Kaum vorstellbar. Aber gründlichst wurde jeder Quadratzentimeter Unterboden abgesucht.

Danach kontrollierte der Grenzoffizier eingehend den Motor. Als nächstes erkundete er mit einem biegsamen, langen Stab unseren Tank. Etwas enttäuscht holte er nun einen stricknadel-ähnlichen Draht, mit dem er in sämtliche Polster der Vorder- und Rücksitze stach. Mein Vater zuckte bei jedem Stich zusammen, es handelte sich schließlich um ein erst wenige Wochen altes Auto.

Trotz größter Sorgfalt musste der Grenzer frustriert feststellen, dass er weder in einen Flüchtling gepiekst hatte, noch auf Schmuggelware gestoßen war.

„Heben Sie mal den Rücksitz an", forderte er jetzt. Als hätte er mit seinem Gestochel nicht längst alles finden müssen, was wir unter der Sitzbank hätten verbergen können! Etwas umständlich machte sich mein Vater an der Rückbank zu schaffen, aber so sehr er sich auch

73

mühte, sie bewegte sich kein Stück. Etwas verlegen kam mein Vater wieder aus dem Wageninneren zum Vorschein.

„Wissen Sie, das ist ein ganz neues Auto. Vielleicht lassen sich bei diesem Modell die Sitze gar nicht anheben." Mit einem schroffen: „Darf ich mal?" drängte der Grenzer meinen Vater zur Seite. Ein Griff, und die Rückbank war angehoben.

„So geht das!" Er konnte seinen Triumph nicht ganz verbergen. Trotz des natürlich völlig leeren Hohlraums, auf den nun alle gebannt starrten.

Vielleicht fand mein Vater seine Bemerkung witzig: „Sehen Sie, wir haben tatsächlich nicht die Braut entführt!" Später sagte mein Vater, dafür hätte er sich die Zunge abbeißen können. Hätte er das mal besser vorher getan, jetzt war es heraus. Was ihn auch immer zu dieser Äußerung bewogen haben mochte, ein Glas Wein zuviel, konnte nicht Schuld sein. In der DDR galt absolutes Alkoholverbot für Autofahrer. Daran hielt sich mein Vater selbst auf Hochzeiten.

Für einen Moment herrschte Totenstille. Wer uns von Weitem beobachtete, musste denken, wir wären festgefroren. Dann sprach der Grenzoffizier ganz ruhig, fast leise und das klang noch bedrohlicher, als wäre er laut geworden: „Wollen Sie pampig werden? Wir können Ihr neues Auto da drüben in die Garage bringen. Wir haben die Möglichkeiten, es in mindestens tausend Einzelteile zu zerlegen!"

Dabei ließ er offen, ob sie das entstandene Puzzle auch wieder zusammensetzen würden. Wahrscheinlich hatten wir es der späten Stunde zu verdanken, dass er seine Ankündigung nicht in die Tat umsetzte. Vielleicht fiel dem Grenzoffizier auch ein, dass über solche Vorfälle ein ausführliches Protokoll geschrieben werden musste. Denn natürlich wussten wir, dass diese Garage tatsächlich dem Zweck der genauen Fahrzeugkontrolle diente und dass es keine leere Drohung von ihm gewesen war.

An den restlichen Kontrollpunkten, wurden lediglich die Pässe und Fahrzeugpapiere überprüft. Zum wievielten Mal heute eigentlich schon? Keiner von uns wagte ein Wort zu sprechen, nicht mal bei geschlossenen Scheiben. Erst im Westen atmeten wir alle erleichtert auf.

„Gerade noch mal gut gegangen", brach mein Vater als Erster das Schweigen. Dann diskutierten wir über Willkür und Machtbefugnisse der Grenztruppen der DDR und den Leichtsinn meines Vaters.

Als wir bei Göttingen auf die Autobahn auffuhren, hatten wir uns genügend über alles auf- und wieder abgeregt. Zum Schluss konnten wir sogar über die „entführte Braut" lachen. Es tat gut, sich mal wieder richtig mit meinen Eltern zu unterhalten. Das hatten wir lange nicht mehr getan. Ich musste mir natürlich eingestehen, dass ich daran die Hauptschuld trug. Aber heute war alles in Ordnung. Ich hatte beste Laune. Es war schön, endlich mal wieder zusammen zu reden und zu lachen.

Dann verstummte das Gespräch allmählich. Gunnar! Meine Gedanken zogen sich langsam in eine Traumwelt zurück. Nur noch leise unterhielten sich meine Eltern miteinander.

Fast hätte ich eine Bemerkung meiner Mutter nicht gehört, wenn mein Vater nicht gerade in diesem Moment die Autobahn verlassen hätte. Aber der Geschwindigkeitswechsel und das Klackern des Blinkers rissen mich kurz aus meinen Träumen. So schnappte ich gerade die Sätze auf: „Du, Klaus, deine Mutter hat mir heute gar nicht gefallen. Sie wirkte richtig krank. Hoffentlich geht sie zum Arzt!"

Bald hatte ich das Gesagte aber wieder vergessen. Ich war so mit meinem eigenen Glück beschäftigt, dass es mir im Moment egal war, wie es anderen Menschen ging. Leider sollte sich das als tragischer Fehler erweisen.

April 1980

Meine Mutter ahnte etwas! Aber sie kam wohl nicht auf die Idee, dass ich mich ausgerechnet in einen Jungen aus Ostdeutschland verliebt hatte. Argwöhnisch beobachtete sie neuerdings alle meine Unternehmungen. Immer wieder bohrte meine Mutter nach, mit wem ich wo gewesen war. Einmal stellte sie sogar Claudia eine Fangfrage zu dem Kinofilm, von dem sie annahm, dass ich ihn nicht, wie angekündigt, mit ihr geschaut hatte. Claudia war völlig ahnungslos, was meine Mutter wohl bezweckte. Natürlich hatten wir den Film gemeinsam gesehen. Mit wem sonst hätte ich auch in Kassel ins Kino gehen sollen? Claudias Antwort freute mich insgeheim und doch wuchs die Wut auf meine Mutter immer mehr.

Wie lange wollte sie mir noch verbieten, mich zu verlieben? Sie behandelte mich wie ein Kind, dabei wurde ich in wenigen Monaten sechzehn Jahre alt. Da war ja die DDR fortschrittlicher als meine Mutter! Bereits als Sechzehnjähriger musste oder durfte man eine eigene Genehmigung beantragen. Ab diesem Zeitpunkt konnte man auch allein über die Grenze reisen. Kindern war das ausdrücklich untersagt. Also zählte man mit sechzehn Jahren schon als Erwachsener, oder?

Nachdem sie auch noch mein Zimmer durchsucht hatte, war ich stinksauer! Der Kalender im falschen Schreibtischfach wäre mir nicht weiter aufgefallen, weckte aber mein Misstrauen. Die Socken lagen ordentlicher als sonst im Schrank, das Geodreieck steckte anders in der Schublade und das Buch unter meinem Kopfkissen zeigte mit dem Titel nach oben, bei mir war es immer die Rückseite.

Mit mütterlichem Instinkt hatte sie meine Gefühle wohl doch gespürt. Sie konnte aber keine Beweise für ihre Vermutung finden. Es gab kein greifbares Indiz für unsere Liebe. Außer einem unscheinbaren Kieselstein auf meinem Nachtschränkchen! Ob sie meine Laune wieder auf die Pubertät schob, habe ich nie erfahren. Drei Tage sprachen wir nur das Nötigste zusammen.

Dann erhielten wir das Telegramm! Wortlos war ich von der Schule nach Hause gekommen und hatte meine Tasche neben die Garderobe geschleudert. Erst als die übliche Ermahnung meiner Mutter ausblieb, bemerkte ich, wie traurig sie aussah. Bleich saß sie am Küchentisch und starrte auf ein Papier, das in ihren Händen zitterte.

„Was ist denn passiert, sag doch endlich", drängte ich. Hatte sie mich überhaupt wahrgenommen?

„Setz dich zu mir, Katja. Komm setz dich." Nie zuvor hatte ich meine Mutter so erschüttert gesehen. Endlich blickte sie zu mir auf. Stockend sprach sie den Satz aus, der mein Leben verändern sollte: „Oma ist tot!"

„Nein, nein das kann nicht wahr sein", nur ein Hauchen kam über meine Lippen. Oma, das konnte einfach nicht stimmen. Vor drei Wochen waren wir noch mit ihr zusammen gewesen. Sie konnte doch nicht einfach sterben! Ein Irrtum, eine Verwechslung vielleicht. Ich wollte es nicht glauben. Das musste der Grund sein, warum ich nicht weinte. Meine Mutter weinte auch nicht. Dabei hatte ich mir das immer so vorgestellt: Man erfährt, dass jemand gestorben ist und sofort fließen die Tränen. Anscheinend war es aber nur in Filmen und Büchern so. Meine Mutter sprang hektisch vom Küchentisch auf.

„Ich muss deinen Vater anrufen. Er muss es doch sofort erfahren. Oder warte ich, bis er von der Arbeit kommt? Nicht, dass er noch einen Unfall hat, vor Aufregung. Nein, es ist an so vieles zu denken. Er muss kommen. Ob Karl es auch schon weiß und … Ich rufe ihn in der Firma an. Es geht nicht anders."

Schon war sie im Wohnzimmer verschwunden. Mich ließ sie verwirrt am Küchentisch zurück. Ob es doch stimmte? Langsam wurde mir bewusst, dass meine Oma tatsächlich tot sein musste.

Mit meinem Vater kamen auch die Tränen. In dem Moment, als er die Küche betrat und uns traurig ansah, musste ich weinen. Und dann konnte ich nicht mehr aufhören. Es wurde so schlimm, dass meine Eltern vor Sorge um mich ihre eigene Trauer erst einmal zurückstellten. Schließlich wussten sie sich nicht anders zu helfen, als mich mit einem heißen Kakao ins Bett zu packen.

Erstaunlicherweise konnte ich tatsächlich ein bisschen schlafen. Danach ging es mir besser.

Meine Eltern hatten die Zeit für einige Telefonate genutzt. Nun versammelten wir uns um den Wohnzimmertisch mit all unserer Trauer und unseren Schuldgefühlen.

„Ich hätte darauf bestehen sollen, dass sie mal zum Arzt geht. Ich hab doch gemerkt, dass es ihr überhaupt nicht gut geht", sagte meine Mutter niedergeschlagen.

„Ach was, Eva, sie hätte doch nicht auf dich gehört. Sie hat nie an sich gedacht. Immer nur an andere. Du hast doch gesehen, wie sie die Frage nach ihrem Befinden mit einer Handbewegung abtat und ‚Da ist schon nichts' sagte."

„Trotzdem, ich hätte noch mal allein mit ihr reden sollen", beharrte meine Mutter.

„Du weißt doch, wie sie war, Eva. Sie wäre bestimmt nicht zum Arzt gegangen", versuchte mein Vater sie zu trösten. „Nein, was viel schlimmer ist, beim letzten Besuch, auf der Hochzeit, da habe ich mich mit meiner Mutter gestritten. Ich überlege schon die ganze Zeit, um was es dabei ging. Aber es war so etwas Unwichtiges, dass ich mich nicht einmal mehr daran erinnern kann. Ich hab mich nicht mehr mit ihr aussprechen können, es hat sich einfach nicht ergeben. Hinterher hat sie auch so getan, als sei nichts gewesen. Aber sie hat sich bestimmt über mich geärgert. Ich konnte doch nicht ahnen, dass ich sie niemals wiedersehe!" Die Stimme meines Vaters zitterte.

Mich plagten ganz andere Schuldgefühle. Aber im Gegensatz zu meinen Eltern konnte ich sie nicht aussprechen. Nachdem ich aufgewacht war, hatte ich noch einen Moment grübelnd im Bett gelegen. Dabei dachte ich auch unweigerlich an Gunnar. Was würde Omas Tod für uns bedeuten? Ich überlegte, dass Opa allein bestimmt recht hilflos sein würde. Alles hatte seine Frau für ihn erledigt. Ich konnte ihn mir unmöglich beim Fensterputzen oder Kochen vorstellen. Ob das nicht bedeutete, dass wir jetzt öfter zu ihm führen? Ich mochte den Gedanken gar nicht richtig ausdenken. Natürlich wäre es mir lieber gewesen, meine Oma würde noch leben. Dafür wäre ich auch bereit gewesen, Gunnar nur selten zu sehen.

Aber, das hatte ich jetzt begriffen, die Oma würde nichts mehr lebendig machen. Durfte man sich da nicht ein bisschen trösten? Schließlich konnten wir mit unserer Genehmigung neun Mal innerhalb eines halben Jahres in die DDR fahren. Wenn wir das ausschöpften, könnten wir Opa sicher einiges helfen. Und ich würde Gunnar natürlich viel öfter sehen. Aber das traute ich mich im Moment wirklich kaum zu denken. Ich hatte dabei ein schlechtes Gewissen meiner Oma gegenüber.

Die Normalität, die am nächsten Tag bei uns herrschte, erschütterte mich. Natürlich waren wir alle sehr traurig, kein Fernseher lief, nicht mal das Radio dudelte wie sonst den ganzen Tag vor sich hin. Aber ich sollte tatsächlich zur Schule gehen! Keinen Einwand ließ meine Mutter gelten.

„Die Schule bringt dich auf andere Gedanken. Du kannst nicht den ganzen Tag hier herumsitzen und grübeln. Außerdem habe ich viele Wege zu erledigen. Um einen Kranz muss ich mich auch noch kümmern. Nein, du gehst heute zum Unterricht, das wird dich ablenken. Außerdem verpasst du am Freitag, wenn wir dich wegen der Beerdigung entschuldigen müssen, schon genug.“

So war mir nichts anderes übrig geblieben, als zur Schule zu gehen. Aber meine Mutter hatte recht, der Unterricht lenkte mich etwas ab, das Gespräch mit Claudia tat mir gut und der Vormittag verging viel schneller als erwartet. Claudia hatte mich getröstet und mir geduldig zugehört. Aber sie erwähnte Gunnar mit keinem Wort.

Zwei Tage später, beim Mittagessen, fragte ich meine Mutter, wie es mit Opa Heinrich jetzt weitergehen würde:„Er kann sich doch bestimmt nichts kochen und so.“

„Nein, Katja. Das ist im Moment unsere größte Sorge. Aber wir sprechen ja mehrmals täglich mit deinem Onkel Karl. Ich denke, wir sind gerade dabei, eine Lösung zu finden.“

Das Wort „Lösung" schwebte bedrohlich über dem Küchentisch. Eine dunkle Ahnung beschlich mich und machte mir Angst. Was meinte sie nur damit?

„Warte bis heute Abend. Nach der Arbeit spricht dein Vater noch einmal mit seinem Bruder. Wenn alles so klappt, wie wir es denken, erzählen wir es dir anschließend. Hast du eigentlich die Entschuldigung für morgen abgegeben?", wechselte meine Mutter abrupt das Thema. Ein sicheres Zeichen, dass sie mir nicht auf meine Frage antworten würde.

Natürlich hatte ich daran gedacht, mich für den Tag der Beerdigung in der Schule abzumelden. Morgen würde sie stattfinden. Ob ich Gunnar sehen könnte? Er musste von der Beerdigung erfahren haben. Würde es mir gelingen, ihn zu treffen? Das wäre wenigstens ein Lichtblick an diesem schrecklichen Tag.

Ich musste Gunnar morgen sehen, egal wie! Es würde die allerletzte Gelegenheit sein. Vielleicht für immer! Eine bodenlose Traurigkeit verschluckte mich, so düster und finster wie die Nacht, die mich mittlerweile umgab. Feierlich hatten mir meine Eltern am Abend die Neuigkeit mitgeteilt, dass mein Opa demnächst zu seinem Sohn Karl nach München ziehen würde. Erst ganz langsam begriff ich, was sie mir eigentlich sagen wollten und vor allem, was das für mich bedeuten würde! Durch grauen Nebel nahm ich meine Eltern wahr. In meinen Ohren rauschte es, ihre Worte drangen nur gedämpft zu mir vor. Wie stolz waren sie auf ihre sorgsam ausgetüftelte Lösung!

„... nicht mal einen Tee kochen, geschweige denn ein Spiegelei selbst zubereiten. Im Haushalt hat er ja nie geholfen. Mit fast achtzig Jahren lernt er das auch bestimmt nicht mehr. Es wird das Beste sein, wenn er zu Karl und Irmgard zieht. Sie haben ein großes Haus und keine Kinder. Dort ist genug Platz für Opa Heinrich. Irmgard ist auch nicht berufstätig, da kann sie sich um ihn kümmern. Und Karl hat seinen Vater in den letzten fünfundzwanzig Jahren kaum gesehen. Er konnte die Eltern ja höchstens einmal im Jahr treffen, wenn sie uns mal besucht haben. Und das fiel ihnen in der letzten Zeit immer schwerer. Karl meint, so könne er einiges wieder gutmachen, was er während der letzten Jahre gezwungenermaßen versäumt hat. Für ihn ist der Tod von Oma Frieda besonders traurig. Stell dir vor, er konnte seine Mutter und sein Elternhaus nie wieder besuchen, seit er als junger Mann seine Heimat verlassen hat. Er kann nicht einmal zu ihrer Beerdigung kommen. Du weißt ja, dass er bei der Bundeswehr Karriere gemacht hat. Damit zählt er zu den so genannten Geheimnisträgern. Es wäre zu gefährlich für ihn, in die DDR zu reisen. Man könnte ihn glatt festnehmen, um Informationen zu erpressen."

Meine Sprachlosigkeit hatten meine Eltern wohl als Interesse missverstanden. Und so redeten und redeten sie auf mich ein. Mit jedem Wort stürzte meine Welt ein bisschen mehr zusammen.

„Und was wird Opa Heinrich dazu sagen?" Ich wunderte mich, dass ich in der Lage war, zu sprechen. Aber in diesem Moment war mir die ganze Tragweite ihres Entschlusses noch gar nicht richtig bewusst.

„Ja, das wissen wir auch nicht, das werden wir morgen hören. Ich fürchte, er hat keine andere Wahl und er wird das wohl auch einsehen. Er kann unmöglich allein in dem Haus bleiben und sich selbst versorgen. In ein Altenheim möchte er ganz bestimmt auch nicht gehen. Bei uns ist es zu eng. Also ist es das Beste für ihn!"

„Aber darf er die DDR so einfach verlassen?"

„Als Rentner? Aber natürlich. Deine Großeltern haben uns doch auch besucht. Das hätten sie sogar viel öfter gedurft. In letzter Zeit war ihnen die Fahrt nur zu beschwerlich."

„Aber für immer ...?", warf ich ein, ohne Hoffnung, dass sie nicht alles gründlich bedacht hatten.

„Sicher, es bedarf zwar einiger Behördengänge und Genehmigungen. Aber das geht schon."

In diesem Moment hasste ich die Staatsform der DDR. Durch ausgeklügelte Sicherheitssysteme hinderte man die jungen und arbeitsfähigen Leute am Verlassen des Landes. Verursachten sie aber als Rentner nur noch Kosten, ließ man sie ungehindert ziehen! Warum durfte mein Großvater in den Westen kommen, während Gunnar der legale Weg noch fast fünfzig Jahre versperrt blieb?

„Fahren wir dann trotzdem noch mal rüber?" Ich musste es wissen. Jetzt sofort!

„Nein, wohl kaum. Wenn wir doch nicht mehr zu den Eltern können. Nein, ich denke eher nicht. Dann sparen wir das Geld und die Zeit und besuchen deinen Opa lieber öfter mal in München."

Nach diesem letzten Dolchstoß rannte ich tränenblind in mein Zimmer. Ich hielt Gunnars Stein fest umklammert, als ich mich auf mein Bett warf.

Verzweifelt suchte ich einen Weg, wie ich Gunnar weiterhin sehen könnte. Nach stundenlangem Grübeln wurde mir klar, dass es vorerst keine Gelegenheit geben würde. Nicht so lange die Grenze existierte. Und dass sie einmal nicht mehr da sein sollte, war völlig unvorstellbar. An eine Flucht von Gunnar wollte ich gar nicht erst denken. Diese Möglichkeit machte mir unbeschreiblich viel Angst. Unzählige Menschen hatten ihr Leben bei diesem Versuch verloren oder verwirkt, weil sie nun im Gefängnis saßen oder sich schwerste Verletzungen zugezogen hatten.

Ich durfte frühestens mit achtzehn Jahren den Grenzübergang in Duderstadt mit dem Auto passieren. Bis dahin dauerte es genau zweieinhalb Jahre. Eine unglaublich lange Zeit! In Berlin konnte man auch zu Fuß über einen der Grenzübergänge gelangen und das schon mit sechzehn Jahren. Schüler aus der zehnten Klasse hatten dieses Jahr ihre Abschlussfahrt in Berlin verbracht. Ein Mädchen aus der Nachbarschaft, dem ich mich manchmal auf dem Heimweg von der Schule anschloss, hatte mir davon erzählt. Besonders aufmerksam hatte ich ihr zugehört, als sie von dem Ausflug nach Ostberlin berichtete. Zu Fuß über die Grenze zu marschieren, fand ich doch recht abenteuerlich. Sie erklärte mir, dass es dort nur eine Passkontrolle und einen Posten für den Mindestumtausch gab.

Aber auch dieser Gedanke half mir nicht wirklich weiter. Schon allein die Kosten für Tagesvisum und Zwangsumtausch hätte ich kaum von meinen zwanzig D-Mark Taschengeld, die ich pro Monat bekam, bezahlen können. Die Bahnfahrt in das mehrere hundert Kilometer entfernte Berlin wäre auch nach monatelangem Sparen unerschwinglich geblieben. Die voraussichtliche Reaktion meiner Eltern auf den Wunsch nach einer solchen Reise, erstickte alle weiteren Träume Richtung Berlin endgültig.

So viel ich auch grübelte, es blieb bei einer Trennung von mindestens zweieinhalb Jahren! Und ob ich dann bereits einen Führerschein hätte und mir von einem eventuellen Ausbildungsgehalt ein Auto leisten konnte, das war mehr als fraglich. Ob Gunnar so lange auf mich warten würde?

Ich dachte natürlich auch darüber nach, einen der Grenzübergänge zu benutzten, die man im Zug überqueren konnte. Auch das hätte ich bereits mit sechzehn Jahren ohne Begleitung eines Erwachsenen gedurft. Bis dahin dauerte es nur noch ein knappes halbes Jahr. Aber selbst wenn es mir gelang, die entsprechende Genehmigung zu besorgen, würde auch dieser Plan an den Kosten scheitern. Obwohl, wäre es nicht doch möglich? Wenn ich die Zeit zum Sparen und Geldverdienen nutzte, könnte es ein kleiner Hoffnungsschimmer sein. Dann war es aber unbedingt erforderlich, mich vorher mit Gunnar irgendwie zu verabreden. Sonst blieb es bei einer Trennung von über zwei Jahren. Oder für immer!

Wenn wir uns nur schreiben könnten! Meine Eltern durften auf keinen Fall von Gunnar erfahren. Die vergangenen Wochen hatten mir gezeigt, was sie von einem Freund halten würden. Außerdem hatte ich in den letzten Tagen ein paar Bemerkungen gehört, die eigentlich nicht für meine Ohren bestimmt waren. Wie beispielsweise: „Da werden sich Schusters aber freuen. Mit einem Schlag sind sie die ganze verhasste Nachbarschaft los!" oder „Die Idee ist prima, nur Schusters gönne ich es nicht!"

Nein, sie würden bestimmt keine Kontakte mit dem Sohn beziehungsweise dem Enkel dieser Familie dulden. Nicht einmal nur schriftlich. Gunnars Eltern, gerade seiner Mutter, würde es ähnlich gehen, jetzt, wo sie bald nicht mehr ständig meine Großeltern vor Augen hatte, würden sie keinen Briefwechsel mir der Enkelin zulassen.

Mit einem Mal hatte ich doch die Lösung gefunden: Claudia! Ja, das war es! Gunnar konnte an Claudia schreiben und sie gab mir seine Briefe. Dann könnten wir in Kontakt bleiben und vielleicht gelang es dann auch, uns irgendwie zu treffen. Draußen dämmerte bereits der Morgen, als ein kleiner Lichtschein auch meine düsteren Gedanken erhellte. Endlich schlief ich ein.

Ob es an dem Kranz im Kofferraum lag, oder einfach daran, dass heute Freitag war und deshalb weniger Betrieb am Grenzübergang herrschte als sonst, wusste ich nicht. Jedenfalls waren wir noch nie so schnell durch die Grenzkontrollen gelangt, wie heute. Dabei wäre ich für einen Aufschub dankbar gewesen. Mir graute es vor diesem Vormittag, der Beerdigung, der Begegnung mit meinem Opa und auch der mit Gunnar. Am meisten sorgte ich mich aber, ob es mir gelingen würde, ihn überhaupt zu sehen. Falls nicht ... Ich durfte gar nicht daran denken.

Die Beerdigung war schlimmer als erwartet. Es wurde mir erst jetzt bewusst, wie sehr ich meine Oma gemocht hatte. Aber, das hatte ich ihr nie gesagt. Auch das merkte ich erst jetzt. Schon dem Namen nach fand ich einen Leichenschmaus ganz furchtbar. Und meine schlimmsten Ahnungen wurden bestätigt. Die Trauergäste kamen mit betroffenen Mienen und verweinten Augen in die kleine Dorfgaststätte herein. Aber bei Kaffee, belegten Broten und Kuchen fanden die meisten recht schnell ihre gute Laune wieder. Bald wurde angeregt erzählt und in einer Ecke sogar laut gelacht.

Nur ein kleiner Kreis Menschen saß traurig am Tisch meines Opas. Mühsam sprach er davon, wie es war, als seine Frau starb und wie er die Tage danach verbracht hatte. Er erzählte, dass eine Freundin meiner Oma seitdem für ihn kochte. Seine Bekannte war schon über achtzig Jahre alt und so nutzte mein Vater die Gelegenheit, zaghaft darauf hinzuweisen, dass diese Frau das ja nicht ständig für ihn tun könne.

„Ich weiß auch nicht, wie es mit mir weitergehen soll!" Das klang resigniert und war das Letzte, was mein Großvater für lange Zeit sprach. Die Zeit bis die Ersten aufstanden wurde mir unerträglich lang. Endlich wünschten einige Gäste verlegen alles Gute, boten mehr oder weniger ernsthaft ihre Hilfe an und gingen schließlich. Auf einmal hatten es alle eilig und bald waren wir die Einzigen im Raum. Der klägliche

Rest der Trauergesellschaft. Meine Großeltern hatten zwar viele Freunde und Bekannte, vor allem in ihrem Dorf, aber bis auf uns und Ullrich keine Verwandten mehr, die noch lebten. Das heißt, natürlich war da noch ihr Sohn Karl, aber der hatte ja nicht kommen können.

Zu Fuß gingen wir die kurze Strecke zum Haus meiner Großeltern. Uns war allen sehr unwohl zu Mute. Aus den unterschiedlichsten Gründen: Meinem Opa, weil er nun in das Haus zurück musste, das nach über fünfzig Jahren leer und einsam war. Meinen Eltern, weil sie die schwere Aufgabe hatten, meinen Großvater davon zu überzeugen, dass er nach München ziehen solle. Und mir, weil ich den Gedanken nicht ertragen konnte, das letzte Mal das Haus meiner Großeltern zu betreten, an dem so viele Kindheitserinnerungen hingen.

Nur zögernd ging ich in die kleine Küche. Obwohl meine Oma erst seit fünf Tagen nicht mehr lebte, wirkte der Raum verändert und leer. Diese Küche hatte ich immer für den gemütlichsten und altmodischsten Raum außerhalb eines Museums gehalten. Die Decke war sehr niedrig, die Fenster hatten mehr Sprossen als Glasflächen. Der große alte Ofen diente nicht nur als Herd, sondern war zugleich die alleinige Heizmöglichkeit für das untere Stockwerk. Die weiße, zerkratzte Spüle hatte den einzigen Anschluss für fließendes Wasser, so wurden hier nicht nur die Zähne, sondern auch der Salat geputzt, die Hände gewaschen und das Geschirr gespült. Ein großer, grober Holztisch bildete den Mittelpunkt des Raumes. Die einst liebevoll gepflegten Pflanzen vor den Fenstern hatten bereits welke Blüten und gelbe Blätter. Schmutziges Geschirr stapelte sich neben dem Spülbecken.

An der Wand hing eine Küchenuhr, die noch nie die genaue Zeit preisgegeben hatte. Eine vergilbte Fotografie in einem goldfarbenen Rahmen zeigte meine Großeltern als junges Brautpaar. Aus einem silbern eingefassten Bild lächelten meine Eltern glücklich und frisch verlobt auf mich herab. Als mein Blick auf das Foto fiel, auf dem meine Oma mich als Säugling stolz und behutsam im Arm hielt, verlor ich endgültig die Fassung.

Mein Opa war mir in die Küche gefolgt. Unendlich schwerfällig ließ er sich auf einen Küchenstuhl sinken.

„Ich weiß nicht, wie es mit mir weitergehen soll", murmelte er zum wiederholten Mal und verbarg sein Gesicht in den Händen.

Dieser Situation fühlte ich mich nicht gewachsen. Ich konnte meinem Opa nicht helfen, war ich doch selbst untröstlich. Auch ohne den Gedanken an Gunnar war alles kaum zu ertragen. So war es völlig unmöglich.

„Ich muss hier raus", empfing ich meine Eltern, kaum dass sie den Raum betreten hatten. „Ich gehe noch mal in den Garten!"

„Was willst du denn da?", fragte meine Mutter. „Dort liegt doch alles brach. Es ist bestimmt noch kein Beet bepflanzt. Dafür war es zu kalt in den letzten Wochen", hörte ich sie mit Entsetzen fortfahren.

„Lass sie doch gehen, Eva. Was soll sie jetzt hier bei uns? Frische Luft wird ihr gut tun", kam mir mein Vater wieder zu Hilfe. Das hatte er schon einmal getan, an einem verschneiten Novembertag. Sollte das erst ein halbes Jahr her sein?

„Bleib aber nicht so lange. Wir fahren heute früh nach Hause. Karl wartet auf unseren Anruf!" Nach dieser Ermahnung schlüpfte ich durch die Küchentür.

Aus dem schon etwas blinden Spiegel im Flur sahen mir rot geweinte Augen, eingerahmt von einem bleichen Gesicht, entgegen. Ich schaute nicht gerade aus, wie kurz vor einer Verabredung. Der traurige Eindruck wurde durch die dunkle Kleidung noch unvorteilhaft unterstrichen. Schwarz hatte mir nie gestanden.

Ein letztes Mal betrat ich die Scheune. Aufgeregt stoben die Hühner auseinander, als die Tür hinter mir zuschlug. Was wohl aus ihnen wird, ging es mir kurz durch den Kopf. Aber dann beschäftigte mich nur noch die Frage, ob Gunnar da sein würde. Als ich die kleine Holztür zum Garten mit zitternden Fingern aufstieß, spürte ich, dass er draußen auf mich warten würde.

Lässig lehnte er an einer Ecke der Mauer, wo man ihn von seinem Elternhaus aus nicht sehen konnte. Ich verharrte einen Moment, versuchte mir jedes kleine Detail einzuprägen. Sollte es wirklich das letzte Mal sein, dass ich ihn sah? Seine hellblonden Haare, die, seit sie etwas gewachsen waren, immer ein wenig zerzaust wirkten. Seine Sommersprossen direkt neben der Nase. Und seine dunkelbraunen Augen, die erst versonnen in die Ferne geblickt hatten und mich nun strahlend ansahen. Ein letztes Mal erleben, wie ein kleines Lächeln sich allmählich in ein breites Grinsen verwandelte?

Aber warum konnte er mich heute so fröhlich anlächeln? Da erst wurde mir klar, dass er ja noch gar nicht wusste, dass ich das letzte Mal hier war!

„Wie schön, dass du schon wieder da bist!", rief er freudig. Er wollte mich in den Arm nehmen, bemerkte dann aber meinen Gesichtsausdruck. „Du bist bestimmt sehr traurig, wegen deiner Oma. Tut mir wirklich Leid, dass sie gestorben ist."

„Wir können uns nie wieder sehen!" Wahrscheinlich hätte ich es ihm schonender sagen müssen, aber auf mich hatte auch keiner Rücksicht genommen.

„Was sagst du? Aber warum denn?" Er sah mich völlig fassungslos an. Seine Arme waren in der Bewegung erstarrt und sanken nun langsam nach unten. Wir hätten uns wenigstens umarmen können, bevor ich es ihm erzählte. Für Vorwürfe war es jetzt zu spät.

„Weil, ... weil wir heute das letzte Mal hier sind. Meine Eltern überreden meinen Großvater gerade, zu Karl nach München zu ziehen ... und ich glaube, er wird das auch tun", stammelte ich niedergeschlagen.

„Das ist nicht wahr, was du sagst, das kann nicht sein!", flüsterte Gunnar tonlos.

„Es ist aber leider genau so", meine Stimme zitterte verdächtig.

„Karl, dieser verdammte Karl!" Gunnar sprach immer lauter. „Er ist an allem Schlimmen schuld, das meiner Familie je geschehen ist. Ich dachte er wäre endlich weit genug weg. Und wenn die Grenze ein Gutes hat, dann, dass sie ihn von uns fern hält. Aber selbst diese Grenze kann ihn nicht abhalten Unheil zu bringen!" Bei den letzten Worten hatte Gunnar zornig mit der Faust an die Scheunenwand geschlagen.

„Und was wird jetzt aus uns?" Alle Wut war aus seiner Stimme verschwunden. Er klang so traurig, wie mir zu Mute war. Ich kämpfte bereits wieder gegen die Tränen. Nicht weinen, jetzt bloß nicht wieder weinen. Jetzt noch nicht!

„Ich hab dir die Adresse von meiner besten Freundin aufgeschrieben. Vielleicht möchtest du mir mal schreiben. Es ist besser, du schickst den Brief an sie." Bange reichte ich ihm den kleinen Zettel, den ich sorgsam in meiner Hosentasche verborgen hatte. Bestimmt hundert Mal hatte ich gefühlt, ob er noch da war.

„Natürlich, klar schreibe ich dir! Und du musst mir unbedingt auch einen Brief schicken, ja? Deine Idee mit der Freundin ist gut. Ich nenne dir auch eine Adresse, an die du schreiben kannst. Vielleicht weihe ich meine Schwester ein. Sie wohnt seit Kurzem nicht mehr bei uns. Oder doch lieber meinen Freund? Mal sehen. Aber sende deine Post nur an diese Adresse, die ich dir nenne und nicht direkt an mich. Du kannst dir nicht vorstellen, was bei uns zu Hause im Moment los ist. Meine Mutter hat befürchtet, dass Karl zur Beerdigung hier auftaucht und sie ihm über den Weg laufen könnte!"

„Er kann und wird nicht kommen", warf ich kurz ein.

„Das ist fast egal. Sie hat sich die letzten Tage so aufgeregt und immer wieder von den alten Geschichten gesprochen. Mein Vater kann es schon nicht mehr hören. Jetzt ein Brief aus dem Westen ... ha, wenn sie dann rauskriegt, von wem! Das bringt dann das Fass zum Überlaufen! Ich schreibe dir, versprochen!"

Endlich nahm er mich in den Arm! Warum konnte ich die Zeit nicht einfach anhalten? Aber eine unsichtbare Uhr tickte: „Bleib nicht so lang, bleib nicht so lang". Unaufhörlich hämmerten die Worte meiner Mutter in meinem Kopf. Es war, als sei ich festgewachsen, unfähig, mich zu rühren und somit aus Gunnars letzter Umarmung zu lösen.

Dann hörte ich die Hühner gackern. Das konnte nur eines bedeuten! „Schnell! Du musst gehen. Es kommt jemand!" Beim Sprechen hatte ich mich aus seinen Armen gewunden. Die Hühner regten sich immer lauter auf. Wollten sie mir mit diesem letzten Gefallen zeigen, dass sie mir verziehen hatten? Oder waren sie nur genervt von den vielen Störungen? Tränen schossen mir in die Augen. Ein hastiger Kuss, eine letzte flüchtige Berührung!

„Wir sehen uns wieder!", flüsterte Gunnar im Gehen.

„Ja, ganz bestimmt!", flüsterte ich.

Es war ein Versprechen. Aber keiner von uns wusste, ob wir es würden einlösen können.

Mai 1980

Nur Sekunden nach Gunnars gewagtem Sprung über die Mauer, war mein Vater im Garten aufgetaucht. Seitdem hatte ich unsere letzte Begegnung hunderte Male durchlebt. Immer und immer wieder hatte ich an unsere allerletzte Umarmung zurückgedacht, seinen Abschiedskuss gespürt und jedes noch so kleine Wort jeden Tag und vor allem jede Nacht noch einmal gehört.

Und ungezählte Male hatte ich mich anschließend gefragt: Warum? Warum nur? Warum schrieb Gunnar mir nicht?

Fünf Wochen waren seit der Beerdigung vergangen. Ich hatte es aufgegeben, Claudia morgens erwartungsvoll anzusehen. Es war vorher keine Zeit gewesen, sie zu fragen, ob es ihr Recht sei, dass ich Gunnar ihre Adresse geben wollte. So hegte ich schon die schlimmsten Befürchtungen. Aber sie war ganz angetan von der Idee den Liebesboten für Romeo und Julia zu spielen. Wir lasen in Englisch gerade ein Stück von Shakespeare und sie begeisterte sich immer mehr für diese Dramen voller Liebe, Leid und Intrigen. Eine andere Sorge war, dass ihre Mutter den Brief finden könnte und das Ganze vielleicht nicht gut heißen würde. Aber auch das stellte sich als unbegründet heraus.

„Na sag mal, wie lang besuchst du mich schon nachmittags? Hast du je meine Mutter vor sechzehn Uhr gesehen? Bis sie kommt, habe ich die Post längst aus dem Kasten genommen", entkräftete Claudia meine Bedenken. Ja, natürlich, so lang ich Claudia kannte, war ihre Mutter berufstätig gewesen. Früher hatte ihre Oma nach der Schule auf sie aufgepasst. Aber seit Claudia ungefähr zehn Jahre alt war, blieb sie mittags allein. Darum hatte ich sie oft beneidet. Manchmal kochte sie sich sogar selbst etwas. Nachdem mir drei Mal die Salzkartoffeln angebrannt waren, schickte mich meine Mutter bei den Vorbereitungen für das Mittagessen meistens aus der Küche.

Geduldig hatte ich eine Woche auf Post gewartet. In dieser Zeit durchlebte ich alle Begegnungen mit Gunnar noch einmal. In der zweiten Woche wurde ich unruhig. Wenn wir uns nicht nachmittags getroffen hatten, erwartete ich Claudia morgens vor der Schule. Ich musste mich bemühen, sie erst zu begrüßen bevor ich voller Erwartung fragte: „Und?" Mehr Worte bedurfte es nicht. Sie wusste, was ich meinte.

„Nein, wieder nicht gekommen, der heißersehnte Brief deines Liebsten!" Mit solchen Bemerkungen brachte sie mich zur Weißglut. Aber ich versuchte, mir nichts anmerken zu lassen. Im Moment wagte ich nicht, Widerworte zu geben, oder einen Streit anzufangen. Zuviel stand auf dem Spiel.

Am Ende der dritten Woche begann ich mir zu überlegen, was ich verkehrt gemacht haben könnte. Hatte ich etwas Falsches zu Gunnar gesagt? Mich dumm verhalten? Aber ich glaubte fest, dass er es ernst gemeint hatte mit uns und mit dem Brief. Es kam immer häufiger vor, dass ich mich abends in den Schlaf weinte. Vorher hatte ich endlos über Gunnar und vor allem unsere letzte Begegnung gegrübelt. Immer auf der Suche nach Versäumnissen oder Fehlern meinerseits.

Claudia gegenüber schämte ich mich langsam. Es wunderte mich sehr, dass nicht schon längst hämische Bemerkungen von ihr gekommen waren. Wie oft hatte ich ihr von unserer großen Liebe erzählt. Nun war ich ihm anscheinend nicht mal einen Brief wert.

Ob er mich einfach vergessen hatte oder vergessen wollte? Aber konnte man Liebe so einfach abschalten wie einen Backofen? Ich fand keine Antworten auf meine Fragen. Das Warten zermürbte mich jeden Tag mehr.

In der vierten Woche war mein Opa zu uns gekommen. Ullrich hatte ihm beim Packen und allen Behördengängen geholfen. Anschließend fuhr er ihn, so weit er durfte, Richtung Grenze. Von dort holten meine Eltern Opa ab.

Auch sie wollten nicht mehr in das nun leere Elternhaus zurück. Dieses gehörte jetzt Ullrich und seiner Frau. Die beiden waren überglücklich mit dieser Lösung. Aber Ullrich war der einzige in der DDR lebende Verwandte meines Opas. Die beiden Söhne im Westen hatten keinerlei Ansprüche auf das Haus im Osten Deutschlands. So war es nur sinnvoll, dass es nun dem Neffen gehörte. Am Pfingstwochenende waren Karl und Irmgard zu uns gekommen. Sie fuhren am Montagmittag mit meinem Opa zurück nach München. Er schien sich sogar ein wenig auf sein neues Leben dort zu freuen. Jedenfalls sah er viel besser aus und wirkte nicht mehr ganz so traurig und niedergeschlagen, wie bei unserer letzten Begegnung. Im Gegensatz zu mir!

Früher hatte ich meinen Onkel immer sehr gemocht, aber an diesen zwei Tagen musste ich mir große Mühe geben, um ihn wenigstens einigermaßen höflich zu behandeln. Meine ohnmächtige Traurigkeit brauchte ein Ventil. Da kam Onkel Karl gerade recht.

Vielleicht hätten wir uns ohne meinen Onkel gar nicht ineinander verliebt. Für Gunnar wäre ich nur die Enkelin der Nachbarn gewesen. Und damit lange nicht so interessant, wie nach den ausdrücklichen Warnungen seiner Mutter. Dann wäre er mir nicht in die finstere Straße gefolgt und wir hätten uns nie kennen gelernt. Wäre ich dann jetzt nicht glücklicher? Nein, egal wie mies es mir auch gehen mochte, die Zeit mit Gunnar, diese wenigen wunderschönen Stunden, ich wollte sie niemals missen!

Seit ein paar Wochen joggten Claudia und ich regelmäßig. Erst hatte ich nur mitgemacht, weil ich für jede Ablenkung dankbar war. Bald stellte ich mit Freude fest, dass ich im Gegensatz zum Schlittschuhlaufen, beim Joggen besser war als Claudia. Auch am Dienstag nach Pfingsten waren wir verabredet. Ungeduldig stand ich im Trainingsanzug an der Straßenbahnhaltestelle. Endlich tauchte Claudia auf.

„Hast du schon in den Briefkasten geschaut?", empfing ich sie.

„Dir auch einen wunderschönen Morgen!", fauchte Claudia zurück. Zerknirscht brachte ich ein „Guten Morgen" über meine Lippen. Obwohl es für mich, trotz des Ferientages, keiner war. In diesem Moment kam unsere Straßenbahn. Claudia antwortete erst nachdem sie sich schwungvoll auf der allerletzten Bank niedergelassen hatte.

„Ja, ... Post ist durch. Nein, nur Werbung und eine Rechnung für meine Eltern." Bestimmt war es Absicht! Sowohl das Hinauszögern der

Antwort, als auch das „Ja", das mein Herz zu einem hoffnungsfrohen Hüpfer verführt hatte.

„Klappt es auch wirklich, dass deine Eltern uns nachher abholen?", fragte Claudia ungerührt in meine Enttäuschung, die sie geflissentlich übersah. „Ich hab nämlich keine Lust verschwitzt Straßenbahn zu fahren."

„Ja, sie kommen zur Orangerie, wie verabredet." Mehr sprachen wir während der ganzen Fahrt nicht. Schweigend verließen wir die Bahn am Weinberg und gingen stumm bis zum Beginn der Karlsaue. Von dort wollten wir einmal durch den Park laufen. Aber bereits auf einer der ersten Bänke ließ ich mich völlig außer Puste niedersinken.

„Ich bin irgendwie nicht in Form", sagte ich japsend zu Claudia.

„Das trifft bei dir in letzter Zeit ja nicht nur beim Sport zu. Deine Noten sind auch nicht grad toll. So ein knappes Jahr vor Schulende ist das ein etwas ungünstiger Zeitpunkt!" Ich antwortete nur mit einem Schulterzucken. Die Vorwürfe meiner Mutter reichten mir vollkommen, Claudia gegenüber musste ich mich nicht auch noch rechtfertigen.

„Ich verstehe nicht, warum er mir nicht schreibt", sagte ich mehr zu mir selbst.

„Warum schickst du denn keinen Brief an ihn?" Etwas, das ich nicht benennen konnte, störte mich an Claudias Tonfall. Aber ich achtete nicht weiter darauf, sondern erklärte ihr, dass ich nicht an ihn direkt schreiben sollte, da er sonst Ärger bekäme.

„Geschickter Schachzug!", rief Claudia irgendwie erleichtert aus. „Vielleicht ist seine Liebe ja doch nicht so groß?", fügte Claudia im Loslaufen hinzu. Am liebsten wäre ich sitzen geblieben oder in die andere Richtung gegangen. Aber schließlich waren es meine Eltern, die schon am Auedamm auf uns warteten. Schweigend starrten wir während der Fahrt aus dem Fenster. Vor Claudias Haustür konnte ich mir gerade ein knappes „Tschüss" abringen.

Zwei Wochen später sprachen wir zwar wieder zusammen, einen Brief hatte ich aber immer noch nicht bekommen. Langsam verzweifelte ich an der Frage, warum Gunnar mir nicht schrieb.

„Du, Mama?" Lange hatte ich auf einen günstigen Moment gewartet. Aber heute schien meine Mutter gut gelaunt zu sein. „Mama ..." Die Angst vor ihrer Antwort ließ mich zögern.

„Ist die Post von den Großeltern eigentlich immer bei uns angekommen?", fragte ich schließlich.

„Nein, nein nicht immer. Aber es kam schon selten vor, dass wir etwas nicht erhalten haben."

Ja, das war die erhoffte Antwort! So musste es gewesen sein! Gunnars Brief war verloren gegangen. Auch er würde sich nach dem vergeblichen Warten auf meine Antwort erkundigen und erfahren, dass die Post von Ost- nach Westdeutschland nicht immer zuverlässig zugestellt wurde. Natürlich würde er mir dann gleich noch einmal schreiben. Diesen Brief bekam ich bestimmt! Neue Hoffnung keimte in mir auf. Ich brauchte nur noch ein klein wenig Geduld. Dann würde ich endlich einen Brief von ihm in den Händen halten.

„Allerdings waren es nur Päckchen, die mal nicht ankamen. Briefe und Karten, ja, die erhielten wir alle. Es dauerte zwar manchmal ein bisschen länger. Aber die Briefe deiner Großeltern haben wir immer bekommen."

Alle meine Hoffnungen zerflossen wie eine Sandburg bei einsetzender Flut.

„Die Päckchen kamen tatsächlich manchmal nicht an, oder nicht vollständig", sprach meine Mutter weiter. „Darüber erhielten wir aber immer offizielle Mitteilungen. So etwas in der Art wie: Dass sie leider die Sendung nicht weiterleiten konnten, da sich verbotene Fleischerzeugnisse darin befunden hatten. Deine Oma versuchte immer wieder mal, deinem Vater einen Feldkieker zu schicken. Sie wusste ja, wie gern er diese Wurst aus seiner Heimat aß."

Diese Eichsfelder Spezialität hatte zu den vielen Dingen gehört, die wir nicht mit über die Grenze nehmen durften. Da sie aber die Leibspeise meines Vaters war, setzte sich meine Oma sogar über alle Verbote hinweg. Andere zu beschenken, war für sie immer die größte Freude gewesen.

„Einmal hat sie es übrigens geschafft. Da kam das Päckchen mit dem Feldkieker tatsächlich vollständig bei uns an. Sie hatte die Wurst in Alufolie gewickelt und zwischen zwei Kuchen gelegt. Da haben sie ihn beim Durchleuchten anscheinend nicht gefunden." Versonnen lächelte meine Mutter bei der Erinnerung. „Warum fragst du eigentlich?"

„Ach, nur so ..." Nur mit Mühe gelang es mir, einen unverfänglichen Ton zu treffen.

Achselzuckend verschwand meine Mutter Richtung Keller, um Wäsche aufzuhängen und ließ mich völlig am Boden zerstört zurück.

Natürlich hatte ich selbst überlegt, Gunnar einen Brief zu schicken. Aber ich fühlte mich an mein Versprechen gebunden, nicht an ihn direkt zu schreiben. Was auch der Grund für das Ausbleiben seiner Post war, auf keinen Fall wollte ich, dass er Ärger bekam. Ich wusste, dass seine Familie niemanden im Westen kannte. Onkel Karl durfte man da nicht wirklich rechnen. Und so wäre ein Brief aus der BRD auf jeden Fall verdächtig gewesen. Egal, ob mit oder ohne Absender. Wartete er vielleicht genauso auf eine Nachricht von mir, wie ich auf seinen Brief? Eventuell war doch mal eine Sendung verloren gegangen, obwohl die Post meiner Großeltern immer angekommen war?

Aber er musste sich doch daran erinnern, wie ausdrücklich er mir gesagt hatte, nicht an seine Adresse zu schreiben. Also würde er es ein zweites Mal versuchen. Jedenfalls, wenn er es ernst mit uns meinte. Und wenn nicht?

Woche um Woche verging, aber es kam kein Brief.

Juni 1981

Mit Applaus wurde der letzte Redner von der Bühne begleitet. Unschlüssig standen alle von ihren Stühlen auf. Auch Claudia und ich erhoben uns zögernd. Komisches Gefühl, so ein letzter Schultag! Gerade war unsere feierliche Verabschiedung zu Ende gegangen. Mit den anderen aus unserem Jahrgang drängten wir uns durch die Schulflure, viel langsamer als sonst. Heute verließen wir das vertraute Gebäude nicht nur für einen Nachmittag oder ein Wochenende, diesmal war es für immer! Wehmütig schauten wir zurück auf Klassenräume und Schulzeit.

„Da hast du ja doch noch ein halbwegs gutes Zeugnis bekommen!", riss mich Claudia aus meinen Gedanken. „Es sah ja erst gar nicht so aus, als du nur an diesen Jungen aus dem Osten denken konntest!" Ein Anflug von Neid Schwang in ihrer Stimme. Ich nahm an, sie gönnte mir mein gutes Abschlusszeugnis nicht.

„Was ein Glück, dass du ihn doch noch vergessen hast!" Da war ich mir nicht so sicher. Deshalb gab ich nur ein unbestimmtes „Hhm" von mir. Außerdem standen wir nun vor dem Schulgebäude. Ein paar Klassenkameraden verabschiedeten sich von uns, das enthob mich einer ausführlichen Antwort.

„Du willst also hier in Kassel versauern!" Spöttisch sah mich Claudia an. Wir standen jetzt allein vor dem Schulhoftor.

„Ich freue mich auf meine Ausbildung zur Bürokauffrau!", verteidigte ich mich lahm. Noch immer ließ ich mich von ihr in die Ecke drängen und ärgerte mich maßlos darüber.

„In Berlin ist es bestimmt toll. Überleg mal, was ich dort für Möglichkeiten haben werde!" Claudia klang ganz begeistert. Dabei wussten wir beide, dass sie hier kaum einen Ausbildungsplatz bekommen hätte. Mit ihrem Zeugnis! Die Lehrstelle in Berlin verdankte sie nur den Beziehungen ihrer Patentante, bei der sie auch die erste Zeit wohnen konnte. Aber wie so oft, wollte ich keinen Streit mit ihr anfangen. Unentschlossen standen wir uns gegenüber.

„Na dann, alles Gute!" Mit diesen Worten läutete Claudia unseren endgültigen Abschied ein. Sollte dieser belanglose Halbsatz der Schlusspunkt unserer langjährigen Freundschaft sein?

„Ja, dir auch. Viel Spaß in Berlin. Meld dich mal, ja?"

„Klar, du wirst vor Neid erblassen, wenn ich dir von meinen aufregenden Großstadterlebnissen berichte!"

Wir umarmten uns flüchtig. Jede ging in eine andere Richtung. Ich drehte mich nicht noch einmal nach ihr um.

Herbst 1989

Kurz nach mir betrat mein Vater schnaufend die Wohnung im zweiten Stockwerk. Mit letzter Kraft hievte er den Fernseher auf einen niedrigen Schrank. Ich hatte mir einen der leichteren Umzugskartons ausgesucht. „Küche" stand in großen, schwarzen Buchstaben auf seiner Oberseite. Nach Gewicht und Geräusch zu urteilen, hatte ich die Kiste mit den Plastikschüsseln erwischt. Etwas atemlos murmelte mein Vater: „Schön, sehr schön!"

„Bitte?", fragte ich aus der Küche, die noch nach frischer Farbe roch.

„Schön ist deine neue Wohnung, sagte ich. Besonders der Blick. Sogar den Herkules kann man sehen. Ich freue mich für dich, dass du diese hübsche Wohnung gefunden hast. Wurde ja Zeit, dass du dir was anderes gesucht hast, und endlich aus deinen fünfunddreißig Quadratmetern raus bist."

„Ja, war echt Glück. Zur Arbeit hab ich es auch nicht mehr so weit", setzte ich laut unsere Unterhaltung über zwei Räume fort.

„Du hättest jetzt sogar Platz für einen Übernachtungsgast."

„Papa!", entrüstet streckte ich den Kopf aus der Küchentür. „Kannst du es nicht abwarten Opa zu werden, oder was?"

„Na ja, du bist jetzt vierundzwanzig Jahre alt, da kann man darüber schon mal nachdenken, oder?" Meine Eltern nervten in letzter Zeit oft mit den Themen Ehe- und Familienplanung.

„Soll ich den Fernseher gleich anschließen?" Abrupt wechselte mein Vater den Gesprächsgegenstand. Was mir auch sehr lieb war. Auf meine Zustimmung begann er den Kampf mit Kabeln, Antenne und der Bedienungsanleitung aufzunehmen. Er war technisch nicht viel begabter als ich. Während er fluchend die richtige Buchse für einen Stecker suchte, verzog ich mich wieder in die Küche.

Schließlich stand noch kein Topf und keine Tasse in meinem neuen Einbauschrank. Seufzend begann ich Teller aus einer Kiste neben der Spüle aufzustapeln. Ich würde mein ganzes Geschirr und Besteck noch einmal abwaschen müssen. Unerwartet früh erklang der freudige Ausruf „Bild und Ton!" aus dem Nebenraum.

Kurz darauf rief mein Vater: „Schnell, das musst du dir ansehen!" Mit einem halb ausgewickelten Teller in der Hand eilte ich zu ihm. Bilder der bundesdeutschen Botschaft in Prag waren auf dem Bildschirm zu sehen. Sprachlos fesselten uns ergreifende Szenen an den kleinen Fernseher. Menschen halfen sich gegenseitig dabei, über die Zäune und Mauern auf das Botschaftsgelände zu klettern. Dabei war die bundesdeutsche Botschaft bereits jetzt mit über fünftausend Menschen überfüllt und deshalb geschlossen. Trotzdem gelang es den tschechoslowakischen Polizisten und den Stasi-Beamten der DDR nicht, weitere Flüchtlinge am Überwinden der Mauern und Zäune zu hindern. Schließlich versprach der Moderator weitere Sondersendungen, etwas Regen und kühlere Temperaturen für die kommenden Tage.

„Wer konnte noch vor wenigen Monaten mit so etwas rechnen?" Staunend sah mein Vater mich an. Auch ich war noch ganz aufgewühlt von den gerade gesehenen Bildern.

„Weißt du noch, wie bedrückend die Grenze für uns immer war, als wir deine Großeltern besucht haben. Und diese Menschen setzen sich einfach darüber hinweg! Unfassbar!"

„Ja, man kann es nicht glauben!", es fiel mir schwer in den Enthusiasmus meines Vaters einzustimmen. Die Fernsehbilder hatten ganz andere Bilder aus meinem Inneren heraufbeschworen.

„Schade, dass dein Opa vor fünf Jahren gestorben ist. Wie gern hätte er das miterlebt. Wer weiß, wo das alles noch hinführt", unterbrach mein Vater meine Gedanken. „Die Schweigemärsche und Gedenkgottesdienste in den letzten Monaten haben ja irgendwie Veränderungen angekündigt, aber diese Szenen eben ..." War es gut, dass der Redeschwall meines Vaters mich am Nachdenken hinderte?

„Du, kann ich dich für heute in dem Chaos allein lassen?", fuhr er mit nicht mehr ganz so viel Begeisterung in der Stimme fort. „Du weißt, ich hab gleich Chorprobe."

„Klar, geh ruhig." Es war mir nur recht, allein zu sein.

„Na, viel Singen werden wir heute wahrscheinlich nicht. Wenn die anderen auch die Nachrichten gesehen haben. Das ist sicher das Hauptthema heute. Oder soll ich bleiben und dir noch ein wenig helfen?" Nein, schrie es in mir. Ich wollte, dass er endlich ging.

„Ach was, ich räume heute nur die Küchenschränke fertig ein. Das schaffe ich schon." Ich war bereits zur Haustür geeilt, während ich bemüht freundlich mit ihm sprach.

Erleichtert schloss ich die Tür hinter meinem Vater. Allein! Endlich! Schon im nächsten Moment wühlte ich aufgeregt in den noch gefüllten Umzugskartons. Irgendwo musste er sein. Hier irgendwo! Keiner der Kisten sah man anschließend die Sorgfalt an, mit der ich sie in meiner alten Wohnung gepackt hatte. Zwischendurch stellte ich den Fernseher wieder an. Sofort erwischte ich einen Sender, in dem über die aktuellen Ereignisse berichtet wurde.

Dann fand ich ihn! Mit zitternden Fingern befreite ich Gunnars Stein aus einer der letzten noch nicht zerwühlten Kisten. Erst vor ein paar Tagen wollte ich ihn wegwerfen. Zum Glück hatte ich ihn im letzten Moment doch noch in einen der Kartons gelegt. Ich ließ mich inmitten des Durcheinanders auf den Boden sinken. Gunnars Stein hielt ich fest in der Hand, während ich gebannt auf den Bildschirm nach einem vertrauten Gesicht suchte. Aber ich kannte niemanden. Ob Gunnar dabei war? Ob ich ihn nach über neun Jahren auf einem kurzen Fernsehbild erkennen würde? Was hatte er die letzte Zeit gemacht? Hatte er mich vergessen? Lange schon vergessen?

In diesen Tagen malte ich mir oft aus, wie es wäre, wenn er plötzlich vor meiner Tür stünde. Auch wenn er die Adresse meiner Wohnung nicht kannte, so hatte ich keinen Zweifel, dass er mich aufspüren würde. Wenn er von Ungarn aus Kassel gefunden hatte, sollte es kein Problem sein, danach auch noch mich zu finden.

Und dann war es soweit! Am 9. November 1989 öffnete sich die Grenze zwischen der BRD und der DDR!

Was vor Jahren noch völlig undenkbar gewesen wäre, geschah. Die deutsch-deutsche Grenze war nur noch Geschichte!

Traurige Geschichte! Auch für mich. Fasziniert und sprachlos sah ich die unglaublichen Bilder: der Fall der Berliner Mauer, Stacheldraht, der eingerollt und abtransportiert wurde, jubelnde und vor Freude weinende Menschen.

Ich suchte Gunnar nicht nur auf Fernsehbildern. Auch in Kassel hielt ich nach ihm Ausschau. Bereits seit dem 10. November, mitten in der Nacht, sah man die ersten Trabis in meiner Heimatstadt. Viele Menschen aus dem Osten wollten einfach mal ausprobieren, ob es wirklich stimmte, dass man jetzt einfach so in den Westen fahren konnte. Den ersten wenigen hundert Besuchern vom Freitag folgten einen Tag später so viele Thüringer, dass bereits am Samstagvormittag die Obere Königsstraße völlig dicht war. Am Sonntag befand auch ich mich in den Menschenmassen. Immer auf der Suche nach einem bestimmten Gesicht. Aber ich entdeckte Gunnar nicht. Lag es daran, dass er nicht da war? Oder war es einfach schwierig unter den zwanzigtausend Besuchern, die an diesem 12. November 1989 die Kasseler Innenstadt bevölkerten, einen Einzigen zu finden? Die Zeitung schrieb am nächsten Tag etwas von einem „köstlichen Gefühl der Freiheit" und von „freudiger deutsch-deutscher Begegnung". Nein, für mich war dieser Tag nicht köstlich gewesen vor allem, weil es für mich zu keiner deutsch-deutschen Begegnung gekommen war.

Am folgenden Sonntag reagierten zahlreiche Geschäfte auf die einzige Kritik, die die volksfestähnliche Stimmung etwas getrübt hatte: Zahlreiche Kaufhäuser waren nun geöffnet. Aber unter die vierzigtausend Besucher, die das aus dem Osten nach Kassel lockte, mischte ich mich diesmal nicht.

Ich fuhr auch nicht zu Gunnar. Schließlich hatte er den Kontakt abgebrochen, nicht ich. Nein, ich hatte nur einen sehr kurzen Gedanken an diese Möglichkeit verschwendet. Einen weiteren Korb musste ich mir nicht auch noch persönlich abholen.

April 1991

Seit fünfundzwanzig Minuten starrte ich auf die Tür. Ich hatte mich extra so gesetzt, dass ich jeden Neuankömmling sehen konnte. Aber niemand, der zu einem Anzug Turnschuhe und Pferdeschwanz trug betrat die Kantine. Ich musste es ihm unbedingt erzählen! Obwohl wir uns gerade seit zwei Wochen näher kannten, wusste ich, dass Tillmann der Einzige war, der sich bedingungslos mit mir freuen würde.

Ich konnte die Neuigkeit selbst noch nicht glauben. Vor einigen Wochen hatte ich mich für eine andere Stelle innerhalb unserer Firma beworben und heute hatte ich die Zusage erhalten. Dieser neue Posten versprach nicht nur sehr viel interessanter zu werden, als die Stelle in meiner alten Abteilung. Nein, es bedeutete auch mehr Verantwortung und nicht zuletzt etwas mehr Gehalt für mich. Somit war klar, dass sich die Freude unter meinen Kolleginnen, die zum Teil Mitbewerberinnen um die freie Stelle gewesen waren, in engen Grenzen hielt. Selbst meine Eltern würden Bedenken äußern, ob ich mir diesen Schritt gut überlegt hätte. Sie waren Veränderungen gegenüber nie sehr offen gewesen.

Erst als ich mein Tablett wegräumen wollte, entdeckte ich Tillmann. Er ließ die lange Schlange an der Essensausgabe im wahrsten Sinne des Wortes links liegen.

„Wie schön, dass ich dich doch noch treffe", strahlend kam mir Tillmann entgegen. „Wir hatten noch ausländische Kunden in unserer Abteilung, die bin ich gerade eben erst an einen Taxifahrer losgeworden. Du bist schon fertig mit Essen? Wie hat's heute geschmeckt?"

„Ich würde sagen auch nicht besser als gestern und vorgestern. Aber selbst das kann mir den Tag nicht mehr vermiesen!" Ich konnte meine Freude nicht verbergen.

„Hat es etwa geklappt? Hast du die Stelle in der Marketingabteilung?" Ich hatte das „Ja" noch nicht ganz ausgesprochen, da wirbelte mich Tillmann vor aller Augen mitten in der Kantine einmal im Kreis herum. Dabei rief er ziemlich laut: „Herzlichen Glückwunsch. Ich freu mich ja so für dich!"

Nun hatte er auch den Letzten auf uns aufmerksam gemacht. Aber es fühlte sich viel zu gut an, um ernsthaft zu protestieren. Das liebte ich so an ihm, seine Spontaneität, seine Herzlichkeit und dass er meistens auf alle Konventionen pfiff. Liebe ... hatte ich gerade an Liebe gedacht? Sollte ich mich nach vielen Jahren das erste Mal wieder ernsthaft verliebt haben? Heute war alles möglich!

Zwei Tage später fand ich die Einladung zum Klassentreffen in meinem Briefkasten.

Im ersten Moment dachte ich, falsch zu sein. Aber bald konnte ich das eine oder andere Gesicht einem früheren Mitschüler zuordnen. Ausflugsdampfer mit winkenden Fahrgästen tuckerten auf der Fulda vorbei. Fast wäre ich gar nicht zum Klassentreffen gegangen. Seit gut einem Jahr hatte ich Gunnar erfolgreich ein zweites Mal aus meinen Gedanken verdrängt. Nun ärgerte ich mich maßlos über mich selbst, dass diese Einladung alles wieder aufwühlte. Dabei hatte Gunnar mit meiner Klasse überhaupt nichts zu tun. Dass es schon reichte, eventuell Claudia zu treffen, um alle Erinnerungen wieder aufleben zu lassen! Nur weil sie die Einzige war, die je von Gunnar erfahren hatte!

Auf der Terrasse des Ausflugslokals herrschte große Wiedersehensfreude. Ehemalige Freunde fielen sich um den Hals, es wurde viel gelacht und aufgeregt erzählt. Auch ich wurde nach Beruf und eventueller Familie gefragt. Aber ich war nicht ganz bei der Sache. Verstohlen schaute ich immer wieder zur Terrassentür und suchte nach Claudia. Erst hatten wir uns noch Weihnachts- und Geburtstagskarten geschrieben Aber seit über acht Jahren war auch das eingeschlafen. Ob sie wirklich kommen würde?

Mit den kurzen rotgefärbten Haaren hätte ich Claudia fast nicht erkannt. Als eine der Letzten war sie doch noch eingetrudelt. Sie begrüßte mich überschwänglich: „Mensch, Katja, wie freue ich mich, dich zu sehen!"

Claudia berichtete atemlos, wie gut es ihr gehe, was für einen tollen Job sie habe und welch großen Freundeskreis. Doch ihr Aussehen und ihr Verhalten strafte ihre Worte Lügen. Unentwegt rauchte sie und zupfte nervös Tabakfädchen, die sich aus ihren selbstgedrehten Zigaretten immer wieder lösten, von ihren Mundwinkeln. Ich konnte nicht glauben, dass es ihr tatsächlich so gut ging, wie sie erzählte.

Am späteren Abend, wir hatten beide mit anderen Klassenkameraden Erinnerungen aufgefrischt, saßen wir wieder nebeneinander. Ich hatte den Eindruck, dass sie nicht nur zu viel sprach und rauchte, sondern auch mehr als genug getrunken hatte. Reflexartig zuckte ich zurück, als sie sich vertrauensvoll zu mir beugte. Ihren Mundgeruch nach Zigarettenrauch und Alkohol fand ich einfach nur eklig.

„Ich hab auch noch was für dich!" Sie strahlte mich verschwörerisch an. „Vor meiner Abfahrt habe ich in einer Kiste mit alten Fotos und Andenken aus der Schulzeit gekramt. Dabei habe ich was gefunden! Damals hatte ich ein richtig schlechtes Gewissen. Aber es ist ja über zehn Jahre her. Und schließlich gehört es dir."

Nach jedem Satz hatte sie an ihrer Zigarette gezogen. Nun drückte sie sie halb geraucht im Aschenbecher aus, als wolle sie die Zigarette umbringen und nicht nur die Glut löschen. Endlich hatte sie beide Hände frei, um hastig in ihrer Tasche zu kramen. Hin und wieder erhaschte ich einen Blick auf ihre nikotingelben Finger mit den abgekauten Nägeln. Langsam wurde ich ungeduldig. Was mochte sie nur von mir haben? Nach langem Suchen wedelte sie triumphierend mit einem Brief vor meiner Nase. Er war an Claudia adressiert. An ihre alte Wohnung, in der wir so viele Stunden gemeinsam verbracht hatten.

Der Umschlag war klein. Kleiner als üblich. Das Papier wirkte sehr dünn. Die Farbe war nicht weiß aber auch nicht beige. Irgendwo dazwischen, ein namenloser heller Ton. Die mit Füller geschriebene Adresse war verblasst. Ich kannte die Schrift nicht, aber dafür die kleine blaue Briefmarke in der oberen rechten Ecke. Solche klebten früher immer auf der Post von meinen Großeltern.

Dann fiel mir die kleingeschriebene Zeile unter Claudias Namen auf: „bitte an Katja Höfer geben". Ein schlimmer Verdacht keimte in mir auf. War das Gunnars Brief, auf den ich so sehnsüchtig gewartet hatte?

Sollte Claudia ihn unterschlagen haben? Nein, diese Gemeinheit traute ich ihr nicht zu. Sie war doch damals meine allerbeste Freundin.

Als Claudia mich ansah weiteten sich ihre Augen vor Schreck. Alle Farbe war aus meinem Gesicht gewichen. Denn so unglaublich mir der Gedanke auch erschien, eine andere Erklärung gab es nicht!

Claudia stammelte eine Entschuldigung, von der ich die ersten Sätze gar nicht richtig aufnahm. Erst ganz langsam drangen ihre Worte zu mir durch.

„ ... wusste ich ja nicht. Ich dachte, du hast diese alte Geschichte längst vergessen. Ich war doch so jung damals. Eigentlich noch ein Kind!" Fahrig versuchte sich Claudia eine neue Zigarette zu drehen. „Und schrecklich eifersüchtig! Du hattest immer bessere Noten und dann lernst du als Erste einen Jungen kennen. Mich hat doch damals nicht mal einer angeschaut. Und dann kam dieser Brief, auf den du so gewartet hast." Nervös leckte Claudia über die Ränder des Zigaretten-papieres, strich darüber und zündete sich die Zigarette sofort an. Ich war nicht fähig, etwas zu sagen.

„Ich wollte dir den Brief ja geben", sagte Claudia in meine Sprachlo-sigkeit. „Das musst du mir glauben. Aber er war nicht richtig zugeklebt. Es war so einfach, die Lasche ganz zu öffnen und dann hab ich ihn halt gelesen. Wie habe ich mir gewünscht, auch mal so einen schönen Brief zu bekommen und so geliebt zu werden." Unentwegt strich sie durch ihre kurzen Haare.

„Dann habe ich beim Verschließen Kleber verkleckert. Ich hatte Angst, du merkst was. Und dann hätte ich dich ganz verloren. Du warst doch meine beste Freundin. Und meine Einzige! Aber zu der Zeit hast du nur von deinem Gunnar gesprochen. Ich dachte, wenn du jetzt noch entdeckst, dass ich den Brief gelesen habe, dann wendest du dich auch noch von mir ab. Das verstehst du doch, oder? Ich hatte den Brief im-mer in meiner Schublade und ein schrecklich schlechtes Gewissen. Wirklich, das musst du mir glauben. Ich dachte, jetzt kann ich es wieder gutmachen, mich entschuldigen und du hast ein Andenken an damals. Und alles ist wieder in Ordnung zwischen uns."

Mit einem tiefen Zug an der Zigarette besiegelte Claudia ihre Worte. So einfach war es für sie! Ich ertrug ihr Gerede und ihren Anblick keine Sekunde länger. Wortlos riss ich ihr den Brief aus der Hand und verließ den Raum. Jemand rief mir nach: „Du gehst schon? Tschüss, dann." Er bekam keine Antwort.

Ich wusste nicht, wie ich nach Hause gekommen war. Sofort las ich Gunnars Brief. Er werde immer auf mich warten, schrieb er. Am Ende seines langen Briefes stand, wie sehr er auf Post von mir hoffe und dass wir es ganz bestimmt schaffen, uns wiederzusehen. Eine Karte steckte auch in dem Umschlag. Der Text war kurz: „Wenn dir an mir etwas liegt, oder dich mein Brief nicht erreicht hat, dann schreib zurück. Hier noch einmal die Adresse: ..." Darauf folgte wieder die Anschrift einer Ruth. Dunkel erinnerte ich mich, dass so seine ältere Schwester hieß. Auch diese Karte hatte Claudia all die Jahre aufbewahrt.

Ich war so dumm gewesen, zu glauben, dass Gunnar kein Interesse mehr an einer Freundschaft mit mir hatte, seit er wusste, dass ich nicht wieder kommen könnte. Längst verdrängte, fast vergessene Gefühle brachen aus einem Zipfel meines Herzens aus. Und ich hatte gedacht, sie seien dort sicher verschlossen! Zum ersten Mal seit langen Jahren weinte ich mich in den Schlaf. Dabei wusste ich selbst nicht, was mich mehr deprimierte: die verlorene Liebe, der Vertrauensbruch meiner Freundin oder war es einfach Selbstmitleid?

Die restlichen Osterfeiertage verbrachte ich mit einer angeblichen Magen-Darm-Grippe im Bett. Und wünschte, es wäre wirklich nur das! In den frühen Morgenstunden des Ostermontags stand meine Entscheidung fest!

Ungeduldig hatte ich das Wochenende herbeigesehnt und gleichzeitig gefürchtet. Ausgerechnet in dieser Woche bat Tillmann mich um eine Verabredung. Einsilbig und kurzangebunden hatte ich am ersten Arbeitstag nach Ostern seine Fragen zum Klassentreffen beantwortet. Trotzdem fand er den Mut, sich zu erkundigen, ob wir nicht am Samstagabend ins Kino gehen wollten.

„Samstag bin ich gar nicht da!" Ich glaube meine Absage klang sehr barsch. Aber das tat mir erst später unendlich Leid. Ich hatte mein Essen kaum angerührt. Doch heute lag das nicht an der Kochkunst der Kantinenköche. Unter dem Vorwand, dass sich Berge von Arbeit auf meinem Schreibtisch türmten, sprang ich auf. Mein „Tschüss" erwiderte Tillmann mit einem kaum merklichen Nicken. Als ich die Kantine verließ spürte ich seine Blicke wie Pfeile im Rücken.

In meinem alten, klapprigen Auto fuhr ich die, mir früher so vertraute Strecke, zum ersten Mal selbst. Fast elf Jahre waren seit der letzten Fahrt vergangen. Der Rekorder spielte eine vor langer Zeit aufgenommene Kassette. Auf dieser war auch das Lied „Am Fenster". Ständig hatte ich das Band zurückgespult und nur dieses eine Stück gehört. *„Einmal wissen dieses bleibt für immer ..."* Doch bald musste ich mich auf die Straße und die Ortsschilder konzentrieren, um den Weg zu finden. So hörte ich alle alten Lieder, die ich vor über zwölf Jahren aus dem Radio mitgeschnitten hatte.

An der Grenze wurde schon seit eineinhalb Jahren kein Auto mehr kontrolliert und von den Grenzanlagen war kaum noch etwas zu sehen. Man musste sehr genau wissen, wo man suchen sollte, um Spuren der Teilung Deutschlands zu entdecken. Sogar der früher so gefürchtete Todesstreifen verwandelte sich langsam in einen grünen Lebensstreifen. Im letzten Jahr war der Nationalpark Hochharz gegründet worden. Nach langer, langer Zeit konnte man sogar wieder auf den Brocken wandern.

Etwas anderes fehlte ebenfalls, als ich durch die ersten Orte hinter der ehemaligen Grenze fuhr: der typische Geruch. Die meisten Häuser wurden bereits mit Öl oder Gas geheizt und nicht mehr mit Braunkohle. Und kaum ein Zweitaktmotor kroch noch stinkend durch die Straßen. Es gab auch fast keine himmelblauen Dachrinnen und Regenabflussrohre mehr. Früher hatte ich nie verstehen können, warum man die Fallrohre so auffällig bunt anstrich. Dadurch hatten die grauen Fassaden nur noch trister gewirkt. Aber vielleicht hatte es damals nur diese Farbe zu kaufen gegeben. Und dann auch nur für Regenrinnen. Viele

Häuser hatten jetzt frische Anstriche oder neue Dächer. Bei manchen zeugten Gerüste davon, dass sie bald renoviert werden sollten.

Nur wenige Straßen wirkten noch so trostlos, wie ich sie von früher in Erinnerung hatte. Es interessierte sich auch niemand mehr für mein Auto. Im Gegenteil, vor vielen Häusern standen größere und neuere Autos, wie ich eines fuhr. Die Trabis und Wartburgs bildeten bereits die Minderheit im Straßenverkehr.

Aus der Ferne hatte der kleine Ort so verschlafen wie immer gewirkt. Aber beim Näherkommen fielen mir einige Veränderungen auf. Ein neues Einkaufszentrum war nur wenige hundert Meter vor dem Ortsschild entstanden. Daran würde sich bald eine neue Siedlung anschließen, die ersten Baugruben waren bereits ausgehoben. Der alte Ortskern sah fast so aus wie damals, doch auch hier waren viele Häuser umgebaut oder renoviert worden.

Nur zögernd bog ich in Gunnars Straße ein. War sie schon immer so eng gewesen? Ich hatte sie deutlich breiter in Erinnerung. Auch die Linde, an der ich gerade vorbeikam, und die Zeuge meines allerersten Kusses gewesen war, wirkte kleiner als damals. Dabei hatte sie viele Jahre Zeit gehabt zu wachsen.

Das alte Kopfsteinpflaster gab es noch. Fast hätte ich das Haus meiner Großeltern nicht wiedererkannt. Das charakteristische große Holztor vor dem Grundstück fehlte. Auf dem früheren Hühnerhof standen zwei Carports, die die alte Scheune fast verdeckten. Auch dieses Gebäude schien im Laufe der Jahre geschrumpft zu sein. Die kleinen Sprossenfenster waren durch größere doppeltverglaste aus Kunststoff ersetzt worden. Aber eigentlich beschäftigten mich diese Veränderungen nur, um den Moment, bevor ich zu Gunnars Haus kam, ein bisschen zu verzögern.

Als es hinter mir hupte, fuhr ich vor Schreck zusammen und würgte prompt den Motor ab. Die Straße war so eng, dass zwei Autos kaum aneinander vorbei kamen. Schon lange nicht, wenn der Fahrer des einen in Gedanken versunken mitten darauf stand. Irgendwie bekam ich den Motor wieder an und musste nun eine Ehrenrunde durch das Dorf fahren.

Beim zweiten Versuch parkte ich vorsichtshalber gleich am Anfang der Straße. Und nun? Was hatte ich eigentlich erwartet? Dass Gunnar zufällig aus dem Haus trat und wir uns in die Arme fielen? Nein, wohl kaum. Er hatte die ganzen letzten Jahre annehmen müssen, dass ich nichts mehr für ihn empfand.

Wer konnte auch mit so einem Vertrauensbruch des Mädchens rechnen, das man beste Freundin genannt hatte? Nach der Frage, ob ich zu Gunnar fahren sollte, oder besser nicht, hatte mich dies die letzten Tage am meisten beschäftigt. Ich konnte es noch immer nicht glauben.

Je näher ich Gunnars Haus kam, desto mehr sank mein Mut. Fünf Meter vor seinem Grundstück war ich kurz davor, mich umzudrehen und zurückzufahren. Aber nachdem ich einmal tief durchgeatmet hatte, erkannte ich, dass ich ja nichts zu verlieren hatte. Außerdem würde ich nie wieder so kühn sein und hierher kommen.

Mein Herz klopfte wild, als ich mit zitternden Fingern läutete. Nichts rührte sich im Inneren des Hauses. Das gab mir Gelegenheit, das Klingelschild näher zu betrachten. Aber darauf stand nur in schon etwas verblassten Großbuchstaben „BRENDER". Kein Vorname, nichts was mir irgendwie über die Bewohner Aufschluss hätte geben können. Und noch immer kein Geräusch. Vielleicht war niemand zu Hause? Plötzlich hörte ich etwas. Ein Klappern aus dem hinteren Teil des Gebäudes, dann Schritte. Langsame Schritte, keine, die man von einem jungen Mann erwartete.

Als das Schlurfen näher kam, musste ich mich am Treppengeländer festhalten, um nicht im letzten Moment doch noch wegzulaufen. Die Tür wurde geöffnet. Von einer Frau. Sie war ganz in Schwarz gekleidet und ungefähr fünfzig Jahre alt. Für einen Moment waren wir beide sprachlos. Es dauerte ein paar Sekunden, bis ich begriff, dass es sich um Gunnars Mutter handeln musste. Früher hatte sie die Haare toupiert und kinnlang getragen, erinnerte ich mich vage. Ich hatte sie ja nur selten durch das Küchenfenster meiner Oma gesehen. Ihre lieblose Kurzhaarfrisur, die von vielen grauen Strähnen durchzogen war, ließ sie nun noch trauriger und blasser wirken.

„Frau Brender ...", begann ich zaghaft, ich wusste nicht recht, was ich sagen sollte.

„Du bist Katja, nicht wahr?" Ich hatte nicht damit gerechnet, dass sie mich erkannte. Sie sah mir meine Verblüffung wohl an.

„Vor ein paar Jahren hat mir Gunnar von euch erzählt. Damals hab ich dich ja hin und wieder vor dem Haus deiner Großeltern gesehen."

Das überraschte mich. Meinen Eltern gegenüber hatte ich Gunnar nie erwähnt. Auch von dieser Fahrt wussten sie nichts.

„Komm kurz rein", unterbrach seine Mutter meine Gedanken. Ohne mich weiter zu beachten, verschwand sie im Hausflur. Nach kurzem Zögern folgte ich ihr verwirrt.

Sie hatte mich in eine ordentliche, aber schmucklose Küche geführt. Wortlos deutete sie auf einen der Stühle. Sie selbst blieb an den Küchenschrank gelehnt stehen. Als ich mich umständlich hinsetzte, fiel mir auf, dass ich noch immer nichts gesagt hatte.

„Warum kommst du nach all den Jahren her?" Abrupt schreckte sie mich mit ihrer schroffen Frage aus meinen Gedanken.

„Ich ... ich wollte gern mit Gunnar sprechen."

„Er wohnt nicht mehr bei mir." Damit hatte ich rechnen müssen, schließlich lebte ich auch seit einiger Zeit nicht mehr bei meinen Eltern. Aber bevor ich fragen konnte, wo ich ihn finden könne, fuhr seine Mutter mich barsch an: „Wie kommst du dazu, jetzt plötzlich hier aufzutauchen? Weißt du wie schlecht er sich gefühlt hat, als er so gar nichts mehr von dir hörte?"

„Es ging mir doch selbst nicht besser. Meine Freundin hat seinen Brief unterschlagen. Das habe ich leider erst letzte Woche erfahren. Damals hab ich meiner besten Freundin geglaubt, dass Gunnar nicht geschrieben hat. Ich dachte, er wollte nicht mehr mit mir zusammen sein."

„Menschenkenntnis scheint nicht zu deinen Stärken zu zählen." Das klang bitter und verletzte mich. Am schlimmsten war die Erkenntnis, dass sie damit recht hatte. Vor allem was Claudia betraf.

„Ich würde Gunnar alles gern erklären. Ich weiß, dass viel Zeit vergangen ist und es wahrscheinlich zu spät ist, aber ..."

„Mädchen, es ist zu spät! Gunnar ist verheiratet und in drei Monaten bekommen er und seine Frau das erste Kind!"

Eine Ohrfeige hätte mich nicht mehr treffen können. Verheiratet! Ein Kind! Wie Hämmerschläge dröhnten diese Worte in meinem Kopf. Was auch immer ich erwartet hatte, heute zu erfahren, an diese Möglichkeit hatte ich keinen Moment gedacht.

Es dauerte eine Weile, bis ich mich so weit unter Kontrolle hatte, dass ich hoffen konnte, meine Stimme gehorcht mir wieder.

„Können Sie mir trotzdem seine Adresse geben? Ich würde ihm wenigstens gern schreiben."

„Oh nein, das wirst du nicht!" Sie schleuderte mir die Worte entgegen. „Vor einem halben Jahr ist mein Mann gestorben ..."

Ich murmelte: „Tut mir Leid", war mir aber nicht sicher, ob sie es überhaupt hörte.

„Mein Sohn Martin lebt schon lange in Ost-Berlin. Er hat nie geheiratet und auch keine Kinder. Meine Tochter Ruth ist geschieden. Sie lebt mit ihren Kindern in Greifswald. Nur Gunnar wohnt in meiner Nähe, er hat eine ganz liebe Frau. Und bald wird mein erstes Enkelkind geboren, das ich dann öfter als drei Mal im Jahr sehen kann. Ich lasse nicht zu, dass mir das jemand kaputt macht!" Immer lauter sprach sie und kam einige Schritte auf mich zu. „Und schon lange nicht von dir! Deine Familie hat schon genug in meinem Leben zerstört. Ich werde alles tun, dass ihr euch nie wieder seht!"

Erschöpft ließ sie sich nun doch auf die Kante der abgewetzten Eckbank sinken.

„Dass ich überhaupt mit dir rede, liegt daran, dass ich dir fast dankbar dafür sein muss, dass Gunnar all seine Fluchtgedanken aufgegeben hat. Nachdem du dich nicht gemeldet hast, fehlte wohl der Anreiz. Vielleicht hat ihn das vor einer lebensgefährlichen Dummheit bewahrt." Abwesend wischte sie imaginäre Krümel vom Tisch. Dann fuhr sie mit festerer Stimme fort: „Aber weiter geht meine Dankbarkeit ganz bestimmt nicht!"

„Ich möchte doch nur das Missverständnis von damals aufklären. Nichts liegt mir ferner, als mich in Gunnars Leben zu drängen."

112

„Wenn das so ist, dann lass einfach die Vergangenheit ruhen. Irgendwann muss man nach vorn blicken. Mir ging es als junge Frau auch so. Ich habe es nie bereut. Ich glaube, du gehst jetzt besser!" Noch beim Sprechen hatte sie sich schwerfällig erhoben und Richtung Tür begeben.

„Ja, das wollte ich sowieso. Grüße würden Sie Gunnar nicht ausrichten, oder?" Es war ein letzter Versuch und ich kannte die Antwort bereits. Aber sie sagte nichts, sondern schüttelte nur energisch den Kopf.

„Ich wünsche ihm, seiner Familie und auch Ihnen trotzdem alles Gute. Auf Wiedersehen." Gunnars Mutter wirkte noch blasser und trauriger als vorhin. Sie sah ausgelaugt aus. Vielleicht antwortete sie deshalb nicht. Möglicherweise fiel ihr nur keine passende Grußformel ein, denn „wiedersehen" wollte sie mich ganz bestimmt nicht.

Langsam ging ich die Straße zurück. Der Versuch mein Auto aufzuschließen scheiterte kläglich. Meine Finger zitterten zu sehr. Wütend warf ich den Autoschlüssel zurück in meine Handtasche. Vielleicht war es besser, erst ein paar Schritte zu gehen, bevor ich wieder Auto fuhr. Blind für meine Umgebung lief ich durch das Dorf.

Plötzlich merkte ich, dass ich mich am Anfang der Straße befand, wo Gunnar und ich uns das erste Mal begegnet waren. Zögernd ging ich weiter. Bald kam ich am Garten meiner Großeltern vorbei. Dieser war kaum wiederzuerkennen. Die Beete und Sträucher waren verschwunden.

Das Gärtchen bestand nur noch aus einer einzigen Rasenfläche, auf der ein Tisch und einige Stühle standen. Ein paar Blumenkübel, in denen Stiefmütterchen blühten, waren neben achtlos liegen gelassenen Kinderspielzeug die einzigen Farbtupfer. Das zeigte mir deutlich, wie viele Jahre vergangen waren und wie sehr sich alles verändert hatte.

Aber die Mauer, die meine Oma jahrelang aus Kalksteinen aufgeschichtet hatte, existierte noch. Behutsam strich ich über die raue, poröse Oberfläche. Genau an dieser Stelle war Gunnar mit einem Sprung aus meinem Leben verschwunden. Für immer. Mit einer unwirschen Handbewegung löste ich mich von dem Stein. Und versuchte dadurch das Bild von Gunnar wegzuwischen. Und auch den traurigen Blick, als er ein letztes Mal über diese Mauer zu mir zurückschaute.

Mit dem neuen Belag wirkte die Straße richtig einladend und auch einige Häuser waren renoviert worden. Dass dies die düstere Gasse sein sollte, die mir als Kind so viel Angst eingeflößt hatte, konnte ich mir kaum vorstellen.

Dann stand ich an dem Teich! Auch dieser sah viel kleiner aus, als ich ihn in Erinnerung hatte. Von der, mittlerweile von Brennnesseln und Brombeergestrüpp überwucherten, Bude am gegenüberliegenden Ende, war kaum noch etwas zu erkennen. Bei dem Gedanken, welchen Schrecken mir diese morschen Bretter bereitet hatten, musste ich lächeln.

Eine Wolke schob sich vor die Sonne und ein frischer Wind wehte. Fröstelnd vergrub ich meine Hände in den Jackentaschen. Da bemerkte ich etwas Kaltes und Hartes darin: Gunnars Stein!

Als ich beschloss, hierher zu fahren, hatte ich ihn aus der hintersten Ecke einer Schublade befreit und als Talisman in die Jackentasche gesteckt.

Nun war der Stein nach fast zwölf Jahren wieder an dem Ort, wo Gunnar ihn gefunden haben musste! Ich hielt ihn fest in der Hand. Als er ganz warm war, warf ich ihn in die Mitte des Teiches.

Mit einem leisen „Plopp" versank der Stein. Lange stand ich reglos und betrachtete die Kreise, die sich immer weiter auf der Wasseroberfläche ausbreiteten. Ich hatte an dieser Stelle meine Kindheit hinter mir gelassen. Nun war ich hierher zurückgekommen, um mich von meiner ersten großen Liebe zu verabschieden. Diese hätte wohl auch ohne Claudias Zutun keine Chance gehabt. Gunnar und ich hatten damals nicht einmal die Möglichkeit, uns richtig kennen zu lernen. Das hatte die deutsche Geschichte erfolgreich verhindert.

Gunnar hatte sein Glück also gefunden. Und ich? Von Herzen wünschte ich ihm alles Liebe. Würde er es spüren? Als kleinen flüchtigen Gedanken an längst vergangene Zeiten? Vielleicht.

Einen Moment schaute ich noch auf die nun ganz glatte Oberfläche des Teiches. Dann ging ich zu meinem Auto.

Aktuelle Musik klang aus dem Radio, als ich die Autobahn in Kassel verließ. Erst war ich an der Telefonzelle, kurz hinter der Ausfahrt, vorbeigefahren. An der nächsten Ampel wendete ich kurzentschlossen. Dem zerfledderten Telefonbuch fehlten viele Seiten, aber der letzte Buchstabe des Alphabets hatte allem Vandalismus getrotzt.

Schon beim zweiten Läuten meldete sich Tillmann: „Zeidler, hallo?"

„Hier spricht Katja. Du, ich glaube, ich muss dir etwas erklären. Was hältst du davon, wenn ich das morgen Abend tue? Bei einem gemeinsamen Essen vielleicht?" Atemlos wartete ich auf seine Antwort. Noch drei Mal steckte ich eine Münze in den Schlitz. Dann hatte ich kein Kleingeld mehr.

Die Leitung war schon lange tot, als ich noch immer lächelnd in der Telefonzelle stand.

Danksagung

Mein besonderer Dank gilt meinem Sohn Christoph für konstruktive Kritik, aber vor allem für seinen unermüdlichen Einsatz am Computer.

Ein ganz liebes Dankeschön an meine Tochter Verena für ihre Begeisterung beim ersten Vorlesen. Ganz besonders aber dafür, dass sie meine Lektorin war.

Herzlichen Dank an meinen Mann Jürgen für Zuspruch und die Begleitung zu den Originalschauplätzen.

Ganz besonders möchte ich mich bei meinen Eltern, Hannelore und Bernhard Ziegler, bedanken, durch deren Erinnerungen und Aufbewahrung von Unterlagen dieses Buch erst zu Stande kommen konnte.

Ganz lieben Dank für Anteilnahme, Anregungen und letzte Rettung bei technischen Problemen! (Ihr wisst, dass Ihr gemeint seid: Britta, Fred, Johanna, Jürgen S., Michaela, Peter, Petra und Sonja, oder?)

Auch dem Grenzlandmuseum Eichsfeld e. V. in Teistungen gilt mein Dank. Die umfangreiche Ausstellung hat noch manche verschüttete Erinnerung aufgefrischt. Außerdem wurden mir meine Fragen flott und kompetent per E-Mail beantwortet.

Quellenverzeichnis:

„Reisen in die DDR"
Merkblatt für Westdeutsche, bei Reisen und Tagesbesuchen in und durch die DDR
Herausgegeben vom Bundesministerium für innerdeutsche Beziehungen, 3. Auflage, Juli 1973

„Berlin-Bonner-Balance" von Karl Seidel
edition ost im Verlag des Neuen Berlin

Sonderausgabe der „Berliner Illustrierte"
„Revolution in der DDR", Dezember 1989

„Das war das 20. Jahrhundert in Kassel", zusammengestellt von Thomas Simon, Wartberg Verlag

Pocket-Quiz „Die DDR" moses.Verlag GmbH

Die Ausstellung des Grenzland Museums
„Eichsfeld e. V.", Teistungen

Quittungen über Visagebühren, Gebührenbescheinigungen über die Benutzung der Straßen der Deutschen Demokratischen Republik

Einige Seiten im Internet und nicht zuletzt Zeitzeugenberichte